欧洲无聊日记

ヨーロッパ退屈日記

［日］**伊丹十三** 著

张秋明 译

上海三联书店

目　录

II

III

各章开头的插图系伊丹十三根据《万国舆地全图》所绘。该地图为明治四年（1871年）由日本祥云堂发行，并附说明："原图乃荷兰书铺赛斯史特姆所印制，专供各国地理学者及航海客商所用。举凡舆地各州之面积、山岳之高低、江河之长短、人民之多寡，乃至（省略）皆集大成于一纸。故比之历来地图可谓最精详。是以付梓以便地理航客珍藏、检视、翻印。"

I

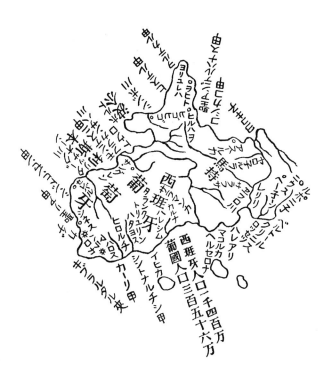

我的职业

曾听过某种形容英式风格装扮的说法，却始终搞不清楚究竟意指为何。今天，我目击到一名头戴白色安全帽，身穿百褶裙、高跟鞋，腿上还特意套着亮丽紫色裤袜的女子抛下骑乘的自行车，直接走进教堂的场面。结果你猜如何？尽管是亲眼所见，那景象却还是让我低喃一声"怎么会！"。然而在英国这算是相当典型的案例，因此一点也不会引人侧目。

到租车店填写完表格交给受理的男人，对方看到了我的职业后表示无法租借。他是个有着鲑鱼粉色肌肤、麦秆黄色头发、满脸雀斑的青年。身穿黄莺粪色西装、搭配脓血色领带和蓝色方眼格纹衬衫。该名男子表示无法租车给电影从业人员，因为租车店买的保险对应风险相对较低，因此电影人无法纳入承保对象。

这似乎是遭到某个酒醉驾车撞死人的同业前辈连累而蒙受的突如其来的损害，但看来是对方有理。于是我想到自己同时也是商业设计师，便开口问："若改填上这份职业将会如何呢？"对方依然表示不可能，理由很简单，因为"我已经知道你是电影人了"。所以只能说这真是充满教训的一天。

顺带一提，该表格的年龄一栏分为二十五岁以下和以上两类，只需勾选其中之一即可，想来是对女性顾客体贴周到的顾虑。

这真的是电影吗？

知名的滑铁卢桥（Waterloo Bridge）如今已被改造成拙劣的现代化设计，位于桥头底下的国家电影剧院（The National Film Theatre）大约每隔两天上映不同的经典名片（这种说法很讨厌）。

今天上映的是让·维果（Jean Vigo）的 *L'Atalante* 和 *Zéro de conduite*——前者是船名"亚特兰大号"，后者的片名意思是"操行零分"，我一连看了这两部影片。

人们一般认为，在观赏天才创作的电影时，仿佛能听见创作者对过去传统制式的作品发出"这真的是电影吗？"的质疑。这一点很重要，因为如果认定没有比电影世界更困难的新挑战，没有实验的地方就无法诞生新的传统，那么为了不让我们被古老主题巧妙多样的面相、古老框架中高度洗练的技巧所眩惑与同化，心中就必须经常保有"这真的是电影吗？"的质疑。

伦敦出租车的后座是两两对坐的四人座，和司机之间隔着可供英国绅士拿起手杖或蝙蝠伞 ① 伞柄敲打的玻璃隔板。

据说想成为出租车司机得先实习一年，这段时间没有薪

---

① 防雨或遮阳用的西式伞，撑开时与蝙蝠翅膀张开的形状相似。（若无特殊说明，全书注释均为本中文版编注。）

资，而是骑着自行车跟着指导员努力学习，熟识伦敦地理与两地之间的最短距离。

另外，伦敦市区内只允许出租车掉头，因此用来作为出租车的车种也被设计成回转半径非常小的形态。

搭出租车要拿回找零时，例如车资为五先令^①加上小费一先令，那么递上十先令的纸钞，同时交代一声 Give me four shillings（◎找我四先令）^②会比较可靠。以上述例子而言，一先令的小费大概会得到 Thank you, sir（◎谢谢，先生）的响应，更多的小费则有 Thank you very much, sir（◎非常感谢，先生）或 Thank you very much indeed, sir（◎真是太感谢了，先生）等随着额度不同而变化的礼貌回应。相反，九便士的小费会换来无言以对，而六便士可能会遭到埋怨。

---

① 1 英镑 = 20 先令，1 先令 = 12 便士。先令这一货币单位在 1971 年英国货币改革时被废除。
② 外文后的括注译文为本中文版编者所加，由符号◎标示，下同。

哈利讲故事

哈利以前在兰伯特芭蕾舞团跳过舞，如今设计芭蕾舞服装。他今天讲述了以下的故事。

那是某绅士搭乘开往埃克塞特（Exeter）的火车时遇上的事。当他走进包厢正要落座时，看了一眼坐在斜对面男士的脸，发现有点不太对劲儿。

该男士头戴圆顶硬礼帽，身穿黑外套，脖子上缠着银灰色领巾，手持长柄蝙蝠伞。一副典型的中年英国绅士模样。

然而该绅士的左耳朵里塞着香蕉。

就像一般人都会做的，想要吃香蕉时会将外皮剥开一半，剩下的部分方便手拿，而该绅士的耳朵里就插着如此剥开的一根香蕉。

而且，因为该绅士面对着火车行进方向坐在窗边，从打开的车窗吹进来的风让剥开一半的香蕉皮 —— 虽然插着香蕉的耳朵是离窗户较远的那一边 —— 不停地飞舞翻动。

后面才进包厢的男人好不容易克制住差点儿喊出"这下老兄可出糗了"的冲动，总之先坐了下来，并机械化地摊开报纸。

顺带一提，所谓的英国绅士在火车包厢里绝对不会盯着坐在对面的乘客的脸。这也是他们搭火车之际肯定会带份报纸的理由所在。

他将《泰晤士报》捧至眼睛的高度开始阅读。头版有三行的广告栏。汽车抛售启事是劳斯莱斯、银云（Silver Cloud）车型、零件兼容性高、8510英镑。——怎么办呢？看来还是应该提醒他一下比较好？——鲨鱼头（Saloon）是6367英镑。——可是，怎么开口呢？直接提醒他：你耳朵眼里塞着香蕉……这不大好吧？——鲨鱼头车款有贝壳灰、酒红、深蓝、灰绿、烟灰等颜色。——搞不好有什么不为人知的理由吧。——征求管家，募集癌症研究基金。——对了！或许是为了掩饰某种残障吧，不然也可能是某种疾病的治疗法，还是新型助听器呢？应该不会吧。——非洲的大学招聘英语系教授，让美丽兰花装点府上客厅！

就这样左思右想，时间一分一秒过去，他将报纸从头到尾都读了个遍。政治版、经济版、国际版、讣闻、影剧评论、运动版……六十五岁的普莱斯·哈洛威先生为了拯救爬上树梢进退维谷的猫咪，不惜砍倒70英尺（约21.3米）高的苹果树。可是当树开始摇摇晃晃即将倾倒时，猫咪反而受到惊吓自行跳到地面。还有广告公司刊登的广告："你今天早上喝咖啡了吗？不是咖啡就是红茶，或者你的习惯是喝杯威士忌也说不定。没错，八月也跟其他的月份一样。广告亦然，从前的人说八月刊登广告很蠢。但问

7

题是，你现在这个瞬间读的又是什么呢?"

他叹了口气将报纸折好。看来该来的躲不掉。火车抵达埃克塞特还要整整两个钟头。他终于鼓起勇气看着对方的眼睛。

"真是不好意思……"

显然他的声音太小了。何况对方绅士的左耳塞着香蕉，右耳则因靠近窗边受到风声和铁轨声的干扰而几乎听不见。

"你说什么?"

"真是不好意思……"

他加大音量吼叫。

"你知道自己的耳朵塞着香蕉吗?"

"你说什么? 请再说一遍。"

"你的耳朵呀，塞着香蕉啊!"

"什么? 你说什么呀?"

"你、的、耳、朵、里、塞、着、香、蕉、呀。"

"对不起，我听不见。因为耳朵里塞着香蕉呀。"

以上就是哈利讲的故事。其实故事又臭又长，哈利说完足足花了四十分钟。

"这叫作修辞学的反高潮（anticlimax）。"说完这句哈利才微微露出笑容。

捷豹到来

因为收到象牙白的捷豹（Jaguar）跑车——请务必读成"佳瓜"——到货的提车通知，于是我兴高采烈地走出家门。

订购之后大约等了三个月才收到通知。因为一开始没有我要的车款，只能根据我的需求订制新车，所以得花时间等待。

订制的要求大致上是 3.4 升汽缸、象牙白车身、红色内饰、铬钢轮框的白色轮胎等。

考虑到捷豹 Mark II 车款还有 2.4 升汽缸、3.8 升汽缸，以及各种颜色和内饰、有无自动挡、变速器等可供选择，要想当场满足客户的所有需求，公司里就必须随时备有数千种的组合。而事实上那是根本不可能的，因此客户当然就得花时间等待。

另外，为适应日本国情，前挡风玻璃得使用一种特殊玻璃才行——破裂时会碎成一颗颗立方块而不致割伤人的那种。此外，要考虑的有仪表板上的里程计（speedometer，正确发音要强调 o）是否改为公里数的标示，车身两侧有无装置后视镜（英文名为 wing mirror）及其造型，还有因人而异的车顶是否要加开天窗等需求。加开天窗的方法有二，其一是将大部分的车顶天花板贴上皮革，其二是只在驾驶座上方装上钢制的拉门。两者的设计都是由前往后一推开门板，登时阳光便照进车内，所以被称为阳光天窗（sunshine roof）。以上种种需求在订购时都可能会影响等候的时长。

顺带一提，捷豹的汽车零件来自上百家公司。比如：灯具来自 Lucas、轮胎来自 Dunlop、仪器来自 Smith、车身钢板来自 Pressed Steel 等。据说其中的 Smith 公司，由于最近七个礼拜都在进行罢工，让没能装上前面所提之里程计的捷豹大排长龙。

总之，就是在这种情况下，我终于提到了捷豹新车。价钱方面，因为我的旅行者身份故不扣税，目前和丰田车差距不大。而且今天我还为了观赏食蚁兽和南美野猪，开去了惠普斯奈德野生动物园（Whipsnade Wild Animal Park）才回来。

天鹅湖

在英国开车时如要问路，似乎常用 Am I on the right way to ⌣ please?（◎请问我去某地走这条路对吗?）的说法。

岔路口、转角常用 turning，路的尽头是 top 或 bottom，左转除了 turn to the left 也有人说成 bear① left。

直走是 straight ahead，再前面一些是 still farther on，红绿灯是 traffic light，环岛是 roundabout，施工中是 road work（真不知日本的 under construction 是出自哪里）。

人行横道因为用了白色油漆画上线条，所以被冠以 zebra（斑马）之名。如果有人穿越斑马线时，机动车没有暂停的话，司机就会被告，所以遵纪守法的英国人一看到有行人过马路，果真都会乖乖停下车来。

自己主动要停车时，似乎有从车窗伸出手臂如波浪般上下摆动的义务，我将这个动作命名为"天鹅湖"。因为跟芭蕾舞者跳《天鹅湖》时的肩膀和手臂动作很像。

话又说回来，当几十台车遇到红绿灯的同时，司机都开始做出"天鹅湖"的动作放慢车速，感觉真是一种不知该形容为扭捏作态还是滑稽失态的奇妙光景。

似乎大部分的狗也会走斑马线穿越马路。

---

① bear 作动词有"拐弯"之意。

大英帝国的说服力

我曾经在伦敦见过有位妇人牵着一只牛犊般大的狗过马路。

对狗来说,那个目的地它肯定很不想去。因为它一副拼命压低身子试图抵抗的样子,而该名妇人就像是纤夫似的,身体几乎倾斜四十五度地用力拉扯着绳子。于是狗就以"坐下"的姿势一点一点地慢慢往前移动。

那是条车水马龙的大街,许多车辆因此停了下来。但大家都用英国人特有的气定神闲的表情充满耐性地等着,当然也没有人按喇叭催促。

还以为终于有一位开着敞篷跑车的老先生在驾驶席上按捺不住、蠢蠢欲动时,他却端出了一杯冒着热气的红茶开始啜饮。

在这期间,妇人一心一意拉扯着狗,直到过完马路都无暇顾及周遭人们的眼光。大概是因激烈运动的关系,只见她整个人已是脸红脖子粗。

我当时正在洗衣店门前停车等待着妻子①。看到这儿,我

①　作者当时的妻子是川喜多和子,日本著名电影事业家,川喜多长政之女。两人于1960年经野上照代介绍相识、结婚,1966年协议离婚。1968年,川喜多和子与后来的丈夫柴田骏创立了电影发行公司"法国电影社"(フランス映画社),引进了众多外国名片,也承担日本导演如大岛渚等作品的海外发行。1969年,经山口瞳做媒,伊丹十三与曾共演大岛渚执导影片《日本春歌考》(1967)的演员宫本信子再婚,宫本后来成为伊丹执导电影的御用女主角。

以为事情已经告一段落，于是拿起读到一半的书继续翻阅下去。

然而没过多久，大约五分钟吧，我不经意地抬眼一看，眼前展现的竟是跟刚才完全相反的光景。也就是说，愤愤不平的狗毅然地开始做出反击。

这一次用力拉扯的是狗。只见妇人的脖子涨红得更加厉害，她的姿势就像坐在隐形的椅子上逐渐被拉回到出发点。

那只狗得意到了极点。几乎已藏不住内心的狂喜，忽而左顾右盼，忽而抬起后脚，忽而又抓一抓下巴。

我之所以觉得这件事充满英国风味，则是因为后来发生的事。

妇人面对着狗蹲在路边，一边比画着容易理解的夸张肢体语言，一边慢条斯理地开始说服起那只狗。

虽然听不见说话声，但从她一下子指向右边一下子指向左边，然后又大画圆弧的手势，想来应该是说："平常都是直走这条路后左转回家的，而今天不过是想先过马路后再右转回家。其实结果都一样，不是吗？"

对狗而言，这段说教极其抽象又难以理解。所以等到狗露出一副"既然如此就该早说嘛"的神情，并开始带头穿越马路，已是三十分钟后的事了。

从伦敦出发经由比利时、法国、瑞士、奥地利进入意大利，接着在意大利旅行一个多月后，如今我刚回到巴黎。

这之间走过的距离约一万公里，相当于从东京横越太平洋到旧金山，但整个旅途中连一个坑洼都没有遇到。

不是很少或者几乎没看到，而是用一个也没有来形容，或许有人会觉得有点怀疑。至少那是因为对道路的基本看法不同所致，也就是说抱持着有坑洼的道路就称不上是道路、放置坑洼存在的政治就算不得政治的态度。

尽管叫作常识，但认为有坑洼的道路就称不上是道路的常识，和觉得有坑洼理所当然的常识，两者之间又有什么差别呢？想来其间的差别恐怕不是三五十年就能厘清的小问题。

日本再怎么贫穷，也不至于穷到造不起路。恐怕在提及缺乏预算、没有计划性、技术人员不足、公家机关办事效率不高等理由之前，应该重新认清日本道路状况的恶劣归咎于民众毫不在乎的事实。

所以，我们遇到事情时，不是应该在一开始就表达不满、交换意见、打电话跟公家机关陈情、看到报章杂志有好的报道便写信去鼓励吗？

固然其效果微不足道，前途杳然不可预期，然而却也是每个人都能建造的唯一道路，不是吗？

吾妹①亲启：

听说你总算考上驾照了，在此首先道声恭喜。

说是一句忠告，倒也不是要摆什么大道理，而是想建议你不妨抱着自己开的是巡逻车的心态驾驶。基于自己绝对没有违反交通规则的自信而生的精神安定感，正是造成驾驶松懈的原因。不，我是认真的。自己背后挡着许多汽车来让行人过马路时的快感，的确难以言喻。

见缝插针式地穿梭于车阵中加速奔驰；或是左边遇到障碍，就只好超出车道挤到右边，于是迫使原本拥有通行权的对向来车刹车停下 —— 以上两点乃是最要不得的开车丑态。这就是我对你的忠告。

巴黎的红绿灯跟知名的煤气灯一样都涂上了雅致的胭脂红，搭配马栗树的绿色，和石板路在一起显得十分和谐。

另外，红、橙、绿的三色灯也只有在巴黎才看得到，它们呈现出非常细腻的光彩。尤其橙色最棒，真可以说是充满法国风情、不可思议的蜜柑色。

想来，巴黎在决定使用该颜色之前应该制作了不少样本，进行过再三研讨吧。这一点正好跟行为保守、将信号灯涂上黑白条纹、完全谈不上美感的英国形成有趣的对比。

① 应指伊丹由佳里，其丈夫是诺贝尔文学奖得主、著名作家大江健三郎，后者是伊丹十三的高中同学和一生挚友。

15

总之，在隧道里有柔和的橙色照明，外露管线则涂上鲜艳的钴蓝色；就连职业服装或是路上遇到的普通老大爷的穿着，每一处用色也都恰到好处，让人好生眼红。

且不论巴黎市内是否限速，大家开车都是时速七八十公里狂飙，却也很少听说有谁因超速而遭到逮捕。

一旦来到没有限速的郊外，再怎么破小的欧洲车通常也都能开到时速一百二，堪算实用。

所以遇到急转弯或接近市区时，路边会先出现时速一百公里的限速标志，随后依序出现八十、六十、四十的警告标志，好让驾驶者放慢车速。

此外，道路标志的发达程度也让人惊讶，绝不像日本最早用的字体那样还会起毛边。在这里，混凝土制的大型标牌几乎遍置于全国各地的岔路口。所以只要是在地图上可发现的任何地点，大概百分之九十九都能按图索骥地找到。

这些道路标志将钻蓝色的文字写在淡奶油色的表面上，或许有其色彩心理学上的论证依据吧。遇到重要岔路口时，约在五百米前就能看到蓝底白字的预告标志出现，保证驾驶人不会漏看与错过。

其他和日本大不相同的是道路照明的高普及度，所以夜间开车多半只需开侧灯。至少我夜里在巴黎市区内开车从来没开过大灯。

以上种种给我带来的感受就是，主其事的公务员实际上自己也经常开车，所以凡事都基于驾驶人的立场去解决问题。

正因如此，这里才不会跟日本一样在各地风景区竖立起好几百张写着"死神就在转角处"并附上骷髅图的警告标语。毕竟他们也知道这么做毫无效果。

与其把钱花在那些地方，还不如在临时故障与整修中的道路旁加强照明，或是在施工处一百米前方竖立"前有施工"的大型标牌。这样一来，再大的风雨夜也能一目了然。

想要查处违规停车的话，其实可以不用购置拖吊车，而是像英国一样让交警持万用钥匙直接开走就好。

想象力

昨晚和大江健三郎①去看尤内斯库（Eugène Ionesco）②的舞台剧。

演出的剧目是《秃头歌女》（La Cantatrice chauve）和《上课》（La Leçon）。地点是座位只有百张不到的于赛特剧院（Théâtre de la Huchette），却已经连续公演到了第五年。健三郎已看过两次，我是第三次来。除了羡慕这个剧院，更羡慕这个能让尤内斯库的作品连续公演长达五年③的大都会巴黎。

每次观赏尼古拉斯·巴塔伊（Nicolas Bataille）④执导的作品，都让我觉得所谓的导演终究只关乎想象力的发挥。

举例说明比较容易理解吧。大约半年前，我曾在戛纳看过伊夫·钱皮（Yves Ciampi）执导的《珍珠港前夜》（Qui êtes-vous, Monsieur Sorge?，1961）。其中有一个向观众介绍年轻夫妇的镜头。创作者要让观众知道"这两人是一对年轻夫妇"的方法不下一万种，而该电影创作者万中选一的方法如下：

---

① 大江与伊丹的相识机缘可参见《大江健三郎口述自传》中的"与伊丹十三的邂逅"一节。伊丹曾将大江的小说《寂静的生活》改编为同名电影，大江则在伊丹去世以他为原型创作了小说《被偷换的孩子》。
② 罗马尼亚裔法国剧作家，荒诞派戏剧的开创者之一，代表作还有《犀牛》《椅子》等。
③ 尤内斯库的《秃头歌女》和《上课》两剧至今仍在于赛特剧院上演，连续公演时间逾半个世纪。
④ 于赛特剧院版《秃头歌女》的舞台导演。

他让年轻妻子系上围裙在厨房里做事，然后从外面工作回来的丈夫现身，两人相拥亲吻。

这究竟是怎么一回事呢？当然大部分的责任应归咎于剧本，但恐怕也没有比它更随便马虎的想象了吧？

如果说当今的电影试图跳脱既有的片场模式，以求找回"真实性"，我倒是认为那个与时俱进的轴心之中欠缺了"日常性"。而且最能表现作家想象力的形式之中，也欠缺了日常性的创造。

旅行老手暗窃笑

去年春天头一次站在巴黎市中心时，不知怎的一边在内心拼命大喊着"啊！我知道，我知道。这些在照片上见过，我都知道。就跟照片上的一模一样"，一边陷入莫名的震惊。

至于为何会震惊，那是因为照片里所见的景色出现在了现实生活中。虽说被拍成照片的景色本来就存在于现实之中，但照片并不是现实。边框和平面性将现实隔绝在外，让照片就只是照片。对于自己过去从未仔细端详过照片，试图在心中重现现实风景的行为，我一时之间感慨万千。

而今相隔八个月后回到巴黎，加上已经来过巴黎五六次，感动和兴奋之情不复再有。朋友金山寿一是诗人，曾写过打油诗如下：

　　旅行老手
　　暗窃笑
　　我心宛如
　　乔瓦尼[①]

① 　指唐·乔瓦尼（Don Giovanni），出自莫扎特谱曲、洛伦佐·达·彭特（Lorenzo Da Ponte）作词的意大利语歌剧《浪子终受罚，或唐·乔瓦尼》（Il dissoluto punito, ossia il Don Giovanni），是个以情圣唐璜为原型的风流浪荡、玩世不恭的人物。

真是好诗。它总会在我人生中的各种瞬间脱口而出，恰巧道出了我当时的心境。

马德里的北京

我在伦敦试穿衣服。英国丈量尺寸的方式多少和日本不同。比如，丈量袖长时，手臂得先水平横放，然后手肘呈直角向前弯曲。

入夜。

我和负责这次电影选角的女士在"大使餐厅"共进晚餐。上完三道菜后，她开始享用芦笋。吃芦笋时可用银光闪耀的"芦笋夹"或是刀叉，也可以直接用手。通常是在用完主菜后，感觉不太饱却又不想吃甜点或干酪时的一个选项。

马德里，晚上九点。

说到此，或许有人脑海中会浮现澄碧如洗的夜空、华丽璀璨的街灯等印象，其实不然。西晒的阳光火辣辣地照进酒店房间，窗外耸立着六棵高大的白杨木，银白色的叶片背面不停地随风翻动。三名穿着蓝色工作服的男人拿着水管，花了两个小时给广场上的行道树浇水。

终于到了十一点，周遭的天色开始变黑、气温逐渐转凉时，我们才换上深色西装、打上丝绸领带，悠然来至街头大啖冷蟹等美食。

我在欧洲还没见过有人使用领带夹。

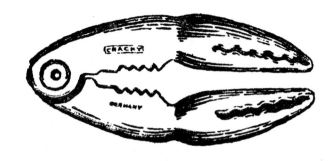

拿到剧本。

讲的是《北京 55 日》（*55 Days at Peking*，1963）^① 的围城前十天。

前半段大约就有一寸（约 3 厘米）厚。整个都拍完少说是六个小时的电影吧。先大致飞快读过，前半段几乎没有我的戏份。

片场面积足以容纳半个棒球场，周遭围起比丸内大楼稍矮的厚城墙，里面则是北京的市街。有商店街、寺庙、十几国的大使馆。还有银行、酒店、许多的宅院民房，还有四道双拱桥架在河流上。

河水是混浊的绿色，映照出生长着深色叶片的灌木丛的倒影。沿着低矮土堤走在河边泥泞的道路上，我踏进了中式

① 《北京 55 日》是在西班牙的马德里搭建布景拍摄而成的，伊丹十三在片中饰演日本军官柴五郎。

建筑的英国大使馆。

　　中庭洒了水，草地青翠欲滴，种有各种树木，还有一间十足英国风味的温室。坐在庭院一隅的凉亭长凳上，可以看见在西班牙逐渐昏暗的天际衬托下，大使馆的屋瓦上浮现出各种野兽造型的阴影。

尼克和查克

今天要进行实景彩排。

要召唤演员拍戏，一切得根据名为"artist call"的文书通告，通告内容则依契约而定，例如至少得在十二个小时前通知等。今天的彩排通告乃是昨夜一位身穿绣有 Samuel Bronston Productions[①] 字样蓝色制服的男人送来的。

日前第一次看到布景时，我整个人陷入一种难以形容的空虚状态。

换言之，未免也花太多钱了。只不过是出现几十分钟的娱乐电影背景，之后便是毫无利用价值的东西，却花费掉好几十亿的资金，是谁拥有如此穷奢极侈的浪费权利呢？电影根本不值。钱德勒（Raymond Chandler）曾在描写完一幢非常奢侈的豪宅后感叹着留下这些文字：

Lost of money, all wasted.[②]

不过提到布景本身的完成效果，我个人则是毫无异议，十分喜欢。

[①] 塞缪尔·布朗斯顿制作公司，即《北京 55 日》的制片方，下文提到的《万世英雄》也由该公司制片。

[②] 意为"花了这许多钱，都是浪费"。该句应出自雷蒙德·钱德勒的小说《高窗》(The High Window)，原文为"A lot of money, and all wasted"。

　　首先，汉字非常美丽。这大概是美国电影有史以来的创举吧，举凡商店街的招牌、墙壁上的涂鸦、旗幡上的标志等文字，或美或丑都是经由中国书法家之手写成。

　　所有建筑物，不论正面还是背面都是来真的，呈现出来的质感也非同小可。

　　这套布景和《万世英雄》（*El Cid*，1961，另译《熙德》）的布景来自同一团队，由科拉桑蒂（Veniero Colasanti）和摩尔（John Moore）设计。说到质感我想到一件事。《万世英雄》里

有一座挂着许多钟的教堂。教堂前面是一片石板地的小广场，场面是描述一群中世纪装扮的士兵在广场上列队迎接英雄熙德，我一边看着该画面一边寻思：

"第一，这教堂的样式好像不太对？可能是找不到合适的古老教堂吧。还有，在不拍片的日子里，该广场应该是提供给开车上教堂者的停车场，肯定停满了大众、雪铁龙等厂牌的汽车。想来，要拆掉交通标志、清除轮胎痕迹得花费不少工夫吧。

"尤其是那群穿上中世纪风格服饰、一本正经列队站立的临时演员，一定会因为缺乏真实感而困惑不已吧？实在太可笑了。"

但其实我想错了。该教堂是布景。布景居然能拼凑搭建出如此厚重沉稳的质感，技术果然厉害。

我去跟导演尼古拉斯·雷（Nicholas Ray）碰面。

他人很亲切，有着紫灰色眼睛和一头白发，身高六英尺二英寸（约 1.88 米），四十来岁，白色马球衫上套着褐色毛衣。

"很荣幸能和你一起工作。"听我说完客套话，他一言不发地凝视着我的脸长达一分钟后表示"能从你口中听到这些话，我真的很高兴"，并微微一笑。他是个安静且不可思议的人。

之后听场记露西阿姨透露，其实是这么回事：

尼古拉斯·雷最初的构想，似乎是要让不同国籍的角色由各国演员使用该国母语演出。结果英、美、法、意、德、俄等国都没问题，三名中国人的选角却有困难，原有的构想过于讲究艺术品味与不合经济效益这两点，也令制片公司不太满意。

于是该构想被一一击碎，最后改成全用英语，所有角色包括西太后［弗洛拉·罗布森（Flora Robson）饰］、端郡王［罗伯特·赫普曼（Robert Helpmann）饰］、荣禄将军［利奥·盖恩（Leo Genn）饰］都选择了纯正英语系的演员，这使得由日本人演日本人的我成为尼克（注：Nick，尼古拉斯Nicholas 的昵称）守住的最后一道防线。

"尼克直到今天对于你能否来演都抱持着半信半疑的态度。"

露西阿姨以此结束了这段故事。

在我和导演聊天之际，一名穿着红色衬衫的高大男子从前方缓缓走来。

导演介绍说："这位是查克（注：Chuck，查尔斯 Charles 的昵称）。"

查克和我彼此打完招呼后，竟同时不由自主地转头仰望耸立在蓝天下的天坛。

查克就是查尔顿·赫斯顿（Charlton Heston）[1]。

顺带一提，也有人把他叫作查尔斯顿·赫斯顿[2]。就像把加里·格兰特（Cary Grant）说成凯里·格兰特[3]，也很讨厌吧。

接着彩排开始了，我们各自忙着上阵。

---

[1] 著名美国演员，本名为约翰·查尔斯·卡特（John Charles Carter）。常在史诗片中出演圣人、英雄角色，代表作有《十诫》（The Ten Commandments，1956，饰演摩西）、《宾虚》（Ben-Hur，1959，饰演宾虚）等。
[2] 日文原文是将チャールトン・ヘストン写为チャールストン・ヘストン，多了一个ス，相当于把 Charlton 误认为 Charleston。
[3] 日文原文是将ケーリー・グラント写成ケイリー・グラント。

晚宴

友人白洲夫妇利用休假造访西班牙。十分感谢他们帮我将捷豹从巴黎开过来。

我们转往位于西班牙最高建筑物——马德里塔酒店二十三楼的住处。

因为房间很大，所以跟来自伦敦的中国演员迈克尔[1]共住。

制片人塞缪尔·布朗斯顿（Samuel Bronston）在家中举办晚宴，招待了约七十人的主要工作人员和演员。

布朗斯顿的宅邸连洗手间都吊着光华璀璨的威尼斯水晶灯，让宾客为之惊艳。说来不怕人笑，我猜那盏水晶灯的价格应该不低于七十万日元。

点燃华灯约两个小时后，宾客们聚集在草地上谈天说笑。身穿饰有金纽扣、金边制服的服务生们不断穿梭其间，随时供上鱼子酱面包、香槟等餐饮。不久之后，大家都吃腻了鱼子酱。

---

[1] 即周英华（英文名为 Michael Chow，译为迈克尔·周），京剧大师周信芳之子。13岁时赴英留学，先后研修艺术和建筑专业，作品多次参加画展，也曾投身于设计界。此外还是 Mr. Chow 高级中餐厅的创始人，有"华裔食神"之称。人物事迹可见本书"迈克尔的韬光养晦"一节。另外，他的姐姐周采芹也参演过安东尼奥尼执导的名作《放大》（*Blow-Up*，1966）。

因为是前后脚到的，晚餐时我和查克坐在同一桌。查克说出了下面的故事。

那是几年前他去日本时的经历。在箱根的酒店里，他想通过客房服务点杯吉布森鸡尾酒（Gibson Cocktail）[1]时，对方不知道吉布森是什么。于是他干脆列出了鸡尾酒杯、平底酒杯、冰块、干金酒、苦艾酒、柠檬、小洋葱（cocktail onion）[2]等所有需要的材料，请他们送至客房。

过了三十分钟，看到点的东西送来时，查克几乎倒吸了一口气。

因为送来的不是小洋葱而是蒜头。而且蒜头已然被切成薄片，就像煮寿喜烧锅用的洋葱一样整齐地铺放在银色大盘上。也就是说，酒店为他上了一盘宛如河豚生鱼片的蒜片啊。

---

[1] 较普遍的说法是，这种酒是以美国插画家查尔斯·达纳·吉布森（Charles Dana Gibson）命名的。
[2] 又叫珍珠洋葱或鸡尾酒洋葱，类似于酒用橄榄，也是在盐水中腌制而成的，乃吉布森鸡尾酒的标志性装饰。

同居室友迈克尔

发现凉面。意大利有一种名为capellini①的细面，经常会被做成凉面来吃。就是嚼劲儿稍微差了点。

迈克尔和我这一整个礼拜都在交换小故事。可惜越是好笑的故事越难翻译成日文。以下列出两例。

一百三十六楼的住户

比尔于诺曼底战役时失去了一只手臂，住进陆军医院。该医院的所有伤员都是失去手臂和腿的士兵，现在和比尔住同间病房的弗兰克就失去了双臂双腿，每天都躺在特制的玻璃罩中疗养。

尽管身处如此悲惨的境地，弗兰克仍不失开朗的个性，比尔由衷地喜欢他。甚至在一年后自己的伤势完全复原、即将出院时，比尔还泪流满面，舍不得离开仍需住院的弗兰克。

之后又过了三年，比尔已是某家公司的广告科科长。有一天，他吃完午饭回到办公室一看，桌上有来自弗兰克的留言，说自己终于出院了，希望能见见面。而且他可能已经找到了工作，还留下了办公室的地址。

① 有"天使细面""天使发丝细面"的译法，比常见的指意大利面的spaghetti更细。

比尔当然迫不及待地赶往该地址。

目的地是盖在第五大道正中央的一百三十六层新大楼。弗兰克的办公室就位于第一百三十六层。在告知前台人员来意后，比尔被带进其中一个房间。

那是充满路易王朝风格的奢华接待厅，其中适得其所地摆设着漂亮的家具，位于房间角落的平台钢琴上，用来照亮乐谱的烛火摇曳生姿。

比尔站在书柜前，正因发现里面收藏的净是初版珍本书而惊叹时，突然感觉整个房间轻轻动了起来。

太惊人了。原来整个房间就是一架电梯。

不久后电梯门悄然开启，他一脚踏进大房间里。松软的长毛地毯从这一边的墙根连接到对墙的地面，几乎可埋住脚踝。远处有一张宽大如泳池的红木桌，比尔发现上面坐着的就是自己的友人。

"嗨，弗兰克，这究竟是怎么回事？不，真是太棒了。你到底是何方神圣？怎么有办法住进这幢大楼？天啊，真是太厉害了。我完全没想到你原来这么有钱。"

"不，不是的。你大概是误会了，比尔。我只是在这里工作而已。"

"只是在这里工作而已？可是这应该是整幢楼里最好的房间吧？就让你一个人独占了。哈！我懂了。这么说来你是董事长喽！"

"真伤脑筋啊，比尔。都跟你说不是了，我只是受雇于人。"

"你太谦虚了。那我问你，你说受雇于人，那你的工作内容是什么？"

"我呢，就是受雇在此当个镇纸。"

史密斯先生的散步

一个春日清晨，史密斯先生在森林中散步时，一只巨象面对着他坐在小路的另一头。

看到史密斯先生一边挥舞着手杖一边走上前来，大象微笑着用眼神打招呼。

"大象，早安。"

"早安，史密斯先生。"

"一大早坐在这里干什么呢？"

"没有呀，就只是坐着。"

"是吗，那就再见喽。"

"再见，史密斯先生。"

接着，史密斯先生穿过森林，越过小河，越走越远。小路逐渐变成上坡路，史密斯先生爬上长满灌木丛的小山丘。

怎知史密斯先生在山顶的柔和阳光中发现了另一头巨象，这次却是面对着另一个方向而坐。

由于大象推开两侧的灌木丛，就坐在史密斯先生正要通过的小路上，所以史密斯先生为了开路只好站在大象背后开口说话。

"大象，早安。"

大象没有回答。

"我说大象，早安。"

大象还是没有回答。

史密斯先生心想，它可能是睡着了，于是用手杖"砰砰"地轻轻敲了大象屁股两下。

大象没有回应。

于是史密斯先生使劲儿"啪啪"地用力敲了两下。

大象这才慢慢转过头来。

"嗨!"

"大象，早安。"

"早安，史密斯先生。"

"你坐在路中央究竟是干什么呢? 刚刚在那里遇到你朋友，他也是坐在路中央。只不过面对的方向和你相反。"

只见大象听了高兴地露出充满笑意的眼神说：

"他真的还坐在那里吗? 真是太棒了。"

"他坐在那里为什么会很棒? 你们到底在玩什么花样儿?"

"我们呀，在玩假装是书挡的游戏。"

和哥哥一起睡

去看了斗牛。真是乡土味十足的余兴节目。

罗伯特·赫普曼先生买了一千一百美元（约四十万日元）的手表。连表带都是纯金制，拿在手上挺沉的。

说起西班牙，这是个处处可见到警察的国家。就连开放布景附近也常见二三十名巡警无所事事地漫步其中，或是围着火堆取暖。

工作成员中不乏政府派来的监视人员，据说后台也有好几名警方卧底的"间谍"。

露西头一次来我家玩时，就曾告诫我不管在多熟的朋友面前，都千万不能说佛朗哥政权的坏话，简单来说就是绝不能聊政治性话题。

据说她最早来西班牙工作是在十一年前，当时喝醉酒批评佛朗哥政府的美国学生至今仍被关在监狱里。

另外，在西班牙送小孩上学读书很费钱，因为几乎所有的学校都是私立的。比方说在片场工作的两位阿姨是堂姊妹，结果两人一起工作赚的钱却只够让一个外甥女读小学。

也因此，国民的受教育水平非常之低。所以光是观察餐厅服务生的动作，也能明显感受出和法国、德国的差异。只要店里客人稍微一多就不行了，明明只要动动脑筋就能解决的状况却屡试屡错，难怪总是搞成一片混乱，无法收拾。

此外，这里文盲也很多，这就使得所有电影都需要改为西班牙语配音。而且这个国家的天主教十分强势，凡是道德伦理不容的画面都会被彻底剪掉或是改成其他台词。

例如，没有结婚的情侣在电影中是不被允许出现在同一张床上的，于是台词会被改成："我们竟然在一个小时前完婚了，简直像是在做梦一样。"或是："和哥哥一起睡，已经是小时候的事了。"如此等等，用配音篡改真实的台词。没错，这些都是真实发生过的事。

事实上，我的确很喜欢谈论这类话题。毕竟，这种时候不正是绽放笑容，大谈我们祖国日本的教育水平之高、文盲率之低、日语配音的《纽伦堡的审判》（*Judgment at Nuremberg*，1961）没有票房等事实的最好机会吗？

日本近来正掀起推理小说的风潮，据说就连路边的乞丐也侦探小说不离手。真是不错的现象。

相隔四个月又下起了雨。

四位演员

查克和大卫·尼文（David Niven）在布景前交谈。

"头一次见到玛吉是在伦敦。当时是在拍什么片呢？印象中好像经常出现轮滑。"

"轮滑吗？你会玩轮滑呀？"

"会呀，但是不怎么爱玩。感觉声音很吵。"

"既然要滑的话，还是得在冰上。"

"嗯，没错，得在冰上。"

"在那部电影中，你是不是掷刀了？"

"没有，掷刀是在别的电影里。好像是杰利导的片吧。你会掷刀吗？"

"掷刀？我可不行，完全不会。那应该很难吧！"

"不会，倒也还好。只要有好刀的话。"

"这把刀怎么样？"

"嗯，感觉平衡感还算不错。"

他试着掷了出去，刀子插进墙壁。

"很厉害嘛！让我也来试试看……不行。有点离得太远了。"

"站这里应该可以吧。"

"我再试一次吧……怪了，还是不行。你再示范一次给我看吧。"

"嗯。"

就这样，两人交谈了两三个小时。真是厉害。

阿尔弗雷德·林奇（Alfred Lynch）陪同哈利·安德鲁斯（Harry Andrews）来访，最后以寿喜烧锅画下句点。阿尔弗雷德已有多次经验，摆出一副俨然是前辈的架势指导哈利如何享用美食。

"看来肉片还是得用日本的才行。在日本，食用牛是被放进阴暗的屋子里饲养的。屋子里面随时都播放着音乐……那是为了舒缓牛的神经。另外还会让牛喝啤酒、给牛按摩，对吧？"

那一餐哈利一共添了三碗饭。

讨厌史诗巨片

戏杀青了。

我明天将开着捷豹去法国，之后在德国买到16毫米的阿莱弗莱克斯（Arriflex）摄影机后就一路回日本。抵达日本应是月底了吧。

言归正传，硬要下所谓的结论的话，我讨厌史诗巨片（epic）。不只是史诗巨片，我对好莱坞式的电影制作方式也十分怀疑。

首先，剪辑人员和制作公司站在同一战线，和导演互相对立的现象令我难以接受。

其次，还没充分推敲过剧本就开拍，拍摄时把剧本不停地改来改去，这也让我很不满意。

比方说，拍摄的情形大致如下：房间内有几个人在说话。演员们通过这一幕去展现演技，摄影师先以远景镜头拍过一遍，接着再以上半身为主拍摄一遍，有必要的话，再继续往上拍摄特写画面。接着换不同的角度拍摄，多的时候可能要换五六个角度拍同一场戏。

拍出如此庞大的素材交给剪辑人员，这似乎是导演的工作。问题是，这种做法太不合经济效益了。这样岂不等于导演没有事做吗？

没有事先沟通、构图由摄影师决定、遇到战争等特殊场面交由其他导演负责，再加上不能干涉演员的表演方式，就等于导演已经没有任何事可做了。我不禁怀念起导演和编剧最受重视的日本电影界——此乃距离拉远后，对故国的印象也逐渐歪曲的最佳例子。

结论是我讨厌史诗巨片。导演尼克也是同样的看法。

伦敦的马靴

秋夜打从一开始便天色阴暗。

窗外辽阔的夜空漆黑一片，晚风如河水般流动，我们在昏黄的灯火下听着巴赫、解析棋谱，带着干酪、威士忌和一本塞林格（Jerome David Salinger）[1]早早上床，或是和外国演员们一边啜饮没有香味的西班牙红酒，天南地北地闲聊鬼扯，沉浸于漫无止境的议论当中。

今晚刚好就是这样的一个夜晚。

比方说，查尔顿·赫斯顿提起他在伦敦买马靴的事，就是在这种时候。

话说查克呢，当时在伦敦散步。我想大概是在庞德街（Bond Street）[2]那一带吧。突然间看见一双感觉还不错的马靴。众所周知，要我说，那附近店家橱窗摆设的品味要高于巴黎的圣·多诺黑街（Rue Saint-Honoré）。

低调却又让人爱不释手的优良质感、优雅的造型，总之就是擅长展现自身的正统感。当然销售的商品的确也都来历正统，我甚至认定为世界第一。

---

① 美国作家，代表作有《麦田里的守望者》《九故事》等。——译注
② 伦敦的奢侈品购物中心，云集了世界顶级的时装、珠宝、名表、古董店，作为商业地段的租金位居欧洲第一，世界第二（仅次于美国纽约的第五大道）。

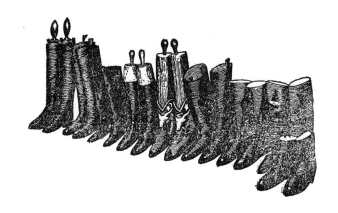

　　例如，你们应该还记得劳埃德银行的橱窗吧。一个门面宽不到六米的小店，橱窗里的摆设仅是将稍微破损的古老天平放在褪色的橘色天鹅绒上，旁边是一把极其破旧的手枪。

　　据说查克发现马靴的店也是那种感觉的店家之一。

　　橱窗里放着一具涂着白色和灰色的模型马匹，身上套着马鞍和马镫，底下除了那双并列齐整的马靴外，再无其他装饰。

　　查克一眼就看中了那双马靴，于是有些忐忑不安地推开店门而入。

　　店里面的光线微暗，掌柜双手轻轻交握在身体前方站着。你们知道他们迎接客人时点头致意的做法吗？他们是这么做的：与其说是头微微一侧，应该说是下巴慢慢往斜前方突出。不是那样子的，迈克尔。要再慢一点，下巴轻轻地滑出来。

没错没错，眼睛试着半眯起来。没错没错，完全正确。接着还得一本正经地说：

"Can I help you, sir?"（◎先生，我能为您效劳吗？）

态度要堂而皇之，而且声音要带点猫撒娇时的黏腻感觉。换句话说就是殷勤的意思。非常有礼貌，一丝不苟却也非常冷静。你们试着用这方式说说看。

"Can I help you, sir?"

这就是英式做法。

上前迎接查克的店员，是个将亚麻色头发梳得服服帖帖、皮肤白皙、面无表情的年轻男子，眼瞳是蓝色的，戴着玳瑁眼镜，脸上有点雀斑。

他穿着黑色西装，该怎么说呢？里面搭配藏青色的衬衫，宽松地系上波斯图案的羊毛领带。

查克开口说：

"我想要订制马靴。"

那名男店员立刻直视着查克的眼睛如此回应：

"要订制马靴吗？我知道了。请问马靴打算做什么用呢？"

查克试着当场拼命思索马靴的用途。对了，当伞架用。胡说八道！最后查克没有办法，才失去自信地回答：

"做什么用？我想应该是骑马时要穿的吧。"

"原来如此。那当然是没有问题。不过提到马，请问您打算骑的是什么种类的马呢？"

"这个嘛，因为工作的关系各种马都会骑到。"

"各个种类的马吗？原来如此，原来如此。"

就这样，不对，是经过了类似如此连绵不断的询问后，好不容易才进入丈量尺寸的阶段。那些家伙小心翼翼到几乎要帮查克可怜的双腿拍张 X 光照片了。

在场听故事的某个男人突然当着众人的面跟查克确认此事是否属实。这时的查克十分可爱，一时之间有些嗫嚅，堂堂大男人竟瞬间脸红了。

"哎呀，我当时冒了一身冷汗。毕竟到伦敦买马靴是我年轻时就有的梦想，或许有些紧张吧。以前在好莱坞拍西部片当配角时生活贫困，常常跟老婆说将来有一天要到伦敦买马靴。对吧，莉迪娅（Lydia Clarke，查克之妻）！

"结果那双马靴从订制以来，经过半年、几乎都快遗忘之际才寄来，但卡在里面的木头鞋模却怎么也拿不出来。我心想可能是在看不见的地方拴上了螺丝，必须解开才行，于是我找了又找，终究不得其解。所以那双马靴就塞着鞋模，至今仍收在柜子里。

"我想，那其实可能并非马靴，搞不好是用来保护木头鞋模的皮套吧。"

听完这个故事，我们彼此面面相觑，异口同声地表示查克真是好男人。虽然不适合穿西装，但没有比他更好的男人了。然后不知道是谁提起了《北京55日》的制片人之一迈克尔·瓦辛斯基（Michael Waszynski）订购劳斯莱斯时，也曾被问过车门上的徽章要如何处理的问题 —— 所以你要去订购劳斯莱斯时，最好事先准备好如何回答 —— 随后大家都暂时陷入了沉默。

身为导演的条件

接着有人问起对导演尼古拉斯·雷的看法。

"他人很好。个性文静，自律也甚严。对演员来说是很好合作的对象。"

有人如此回答，其他人也纷纷表示尼克个性温和、安静，是个好人。

这时我想起了刘易斯·迈尔斯通（Lewis Milestone）说过的话。

"可是迈尔斯通说过，一个导演呢，要是只能被称赞人很好，也就表示他完蛋了。"

"原来如此，说得还真好。不过这些话还是别跟尼克说吧。倒是我想问问你的看法，究竟好导演的条件是什么?"

"比如说呢，电影中不是常有电话出现吗? 就看对电话的处理方式吧。电话声响起后，如果用特写镜头拍话筒，那绝对是烂导演做的事。不只是手法很烂，还是将就主义、缺乏想象力的导演。"

"说得也是。那摄影师呢?"

"我认为最能显示摄影师想象力的，是对话的拍摄方式。

"你想想看，所谓的对话在一部电影中占多少比重，而且拍法有几种呢? 应该没有多少种吧。两人同时入镜、一次一人轮流切换，或是折中使用移动、横摇等技术，大概就是这几种吧。

"时至今日的电影早就拍过好几百万次的对话了，想要在此领域有新意应该很困难。"

"是喔。那么你对编剧的看法又是怎样的呢?"

关于如何轻易分辨坏编剧的方法，我虽然抱有明确的想法，但因有点超出我的英语能力范围，只好交由别人发表意见。

核能研究所人员的恐惧

我个人的想法如下。

比起充满戏剧性的处理，一部剧情明确的电影为了要让情节发展下去，就有必要对观众客观说明许多事情。

换句话说，举个简单的例子，就是要让观众知道当时是几点、谁被杀了，等等。

当必须要向观众说明一些信息，否则剧情就发展不下去的时候，该如何说明才好呢？一个自暴自弃、缺乏想象力的编剧，通常会用时钟的特写来显示时间。

另外，在低成本的电视剧、二流的警匪片中，直接用电话报告杀人事件时，多半采取以下形式：

"喂！嗯，我是田中。什么？山口电机的董事长，嗯，被发现时已经死了吗？地点呢？曲町一番地，十八之五号。我知道了。嗯，马上赶过去。"

因为电话外听不见对方的声音，得自己扮演对手的戏，以这种方式是写不出剧本的。

恐怕写的人会觉得很丢脸吧，可是拿到这种台词的演员才更感到难为情呀。大家只能不顾羞耻，试图酝酿出气氛，装出紧张急迫的声音说出"被发现时已经死了吗？"一类的台词。怎么说都难掩将就主义的色彩。

比方说类似原子怪兽拉顿的角色突然出现，四处窜逃的民众中，有一位核能研究所的工作人员。镜头拉近拍他的特写时，他的脸上露出害怕的表情，颤抖的手指向怪物大喊：

"啊！那就是杀了我们所长的拉顿。"

问题是，一个因为受到惊吓而不停发抖的人能喊出这种充满说明性的句子吗？我甚至想建议，既然要说明，干脆彻底些，改成以下台词如何！

"啊！那是据说早在六千万年前就已经从地球上灭绝，不知为什么最近又突然出现，还杀死了我们所长的拉顿！"

如果是家庭伦理剧就可以改成：

"咦？在那边的应该是每天都开车上班的渡边君吧！"

"哎呀！坐在开车的渡边先生旁边的，是上个月刚跟隔壁铃木家租二楼房间住的花子小姐嘛！"

"喂！上个月刚搬到隔壁铃木家二楼房间的花子小姐！"

"喂！坐在开车的渡边先生旁边、上个月刚搬到隔壁铃木家二楼房间的花子小姐呀！"

说明式台词的拙劣一如所示。越是好的剧本，就越该以不着痕迹的形式，通过自然的会话和剧情将说明编入其中。

说外国话的外国人

还记得第一次搭飞机滑进外国的机场时，我眺望着窗外，心中涌现莫名的感慨。

当时我漫不经心地眺望窗外，看着在机场忙进忙出的工作人员。有的人一边挥舞类似团扇的圆形标示，一边引导飞机滑向停机位置。从载满燃油的黄色小卡车上跳下几名身上扛着东西的男人，还有一些捂着耳朵避开噪音、等着飞机停下来的工人。他们看起来都衣着邋遢，一副落魄潦倒的样子。而且绝对都是白人。

这是我头一次亲眼见到基层劳工阶级的白人，他们那穷酸无知的模样，在我心中形成了殊为珍贵、不可思议、无法预料的印象。我在心中大喊：白人居然也会做那种打杂的工作呢！旋即又暗自感到羞愧。我的心态，岂不是跟那个说"在伦敦就连乞丐也会说英文"的冷笑话没什么两样吗？

潜藏在自己内心深处的白人崇拜观念更是让我震惊不已。

如果有人问我对外国人的定义为何，我肯定会毫不迟疑地回答：所谓的外国人就是只会说外国话的人。对我而言，他们作为一个人之前，首先是外国语本尊。

当然也因为我的外文很烂，一旦无法用外国语说出想说的话，或是不能理解对方说的话而不断重复反问"Pardon?"（◎请再说一遍？）时，就会感觉自己是柔弱无力而又卑微的存在。不管对方是服务生还是出租车司机，一听到他们理所当然、自由自在地说起母语，就觉得他们的身影充满了权威，心情顿时陷入一种悲惨的境地，就仿佛自己是在他们面前犯错的学生一样。

其实，在我看来，外国语就是一门学问。语言并不只是单纯的语言，它应该可以和汽车驾驶、烹饪、插花、社交舞的学习等归为同属。这种东西看怎么用，有时也带来便利，充满意义。但东西本身对我们的人格并不会提供任何本质上的附加物。而我可能是难逃学习魔咒的束缚吧？只要有外国人跟我说话，我立刻就摆出准备解题的战斗架势。在考虑自己口中说出来的语言能否跟对方达到交流效果之前，"小心不要犯语法错误"的念头早已占据了整个心头。

总而言之，语言只要能意思相通就行了。管他是外国人还是日本人，不都同样是人吗？既然都是人，做的事和想的事也就大同小异。最重要的前提，莫过于以轻松的心情和对方交流，不需抱有自卑感。

——会提出如此忠告的人，大概其个人少说也能流畅使用两到三个国家的语言。烦恼的级数根本和我等不在同一条线上。

话又说回来，不知道走到世界任何地方都能使用母语通行无阻的英国人和美国人会是什么样的感觉？换言之，我还真想尝试一次看看，咱日本人只靠日语畅行天下的滋味！

关于附和

仔细观察我们的日常会话，显然随声附和对方说过的话占了相当大的比例。实际上，光靠附和，彼此间的会话也能顺利进行。

BBC（英国广播公司）有即兴演出的电视节目，演员即兴说出的台词让剧情走向意外的发展。然而随着剧情的缓缓进行，一旦开始转往天马行空的方向，速度快到演员的脑筋也转不过来时，接茬儿的演员就会一再重复对方说的话。例如以下的情况：

"你对英国的人口问题究竟怎么看呢？"

"你问我对英国人口的看法吗？"

"是呀。英国人口有一半是狗和猫。"

"怎么可能！英国人口竟然有一半是狗和猫？"

"当然是真的。不信你去统计局确认。"

"你要我去统计局确认？"

"没错呀。算了，其实查年鉴会比较快。"

"对呀，查年鉴比较快。"

"年鉴放哪儿了？"

"我想想年鉴放哪儿了……"

我打算谙熟此道，运用在无关紧要的对话上。运用此道并搭配适时的随声附和，再怎么不感兴趣的交谈也能让对方误以为自己在认真倾听。毕竟默默听着对方高谈阔论，但是只能偶尔发出一个"yes"却说不出别的来，未免太过无趣与悲惨。此技术所需要的附和用语有下列几种：

Really?（◎真的吗？）

Not really!（◎算不上！）

Quite.（◎可不是。）

Exactly.（◎没错的。）

Certainly.（◎当然啦。）

Indeed.（◎那确实。）

Must be.（◎保准是。）

I can't believe it!（◎我不信！）

No![（◎不可能！）——为加强不可置信感，尾音要拉长。]

其他则是适时用于句尾：

Isn't it? Did you? Have you?（◎不是吗？你有没有？）

如此一来，时而重复对方说过的话，时而发出简单的疑问，就能发现彼此会话也能通畅无阻地顺利进行。

握手行家

握手这档事很困难，尤其困难的是自己主动要求握手。因为搞不清楚对方是否会及时伸出手来。

曾经读过这么一个故事：有人一鼓作气伸出的手被对方忽视，一时之间不知该往哪里摆，就在缩回手转而摸自己头发时，被身旁的女人放冷箭："你是头痛还是怎么的?"或许因为这个故事，我才会杞人忧天、自寻烦恼吧。握手就像相扑的对峙，绝对不能稍有闪神与犹豫。总之，除非是相知相熟的好友，否则只要对方不主动伸手，原则上我就不要求握手。光是想到一手拿着酒杯一边轮着跟好几十个陌生人握手的鸡尾酒会画面，我就觉得很不舒服。这首先就很不卫生，不是吗?

不过，握手也包含了高明的握手、拙劣的握手、好的握手、惹人厌的握手等不同类型。

就我所知，最会握手的人是名叫艾伦·布朗（Alan Brown）的制片人①。他是一个会用碧蓝双眼直视对方的高大男子，拥有一辆捷豹 E-Type 跑车，每次提到爱车都会亲昵地称之为 "my child"（◎我的孩子）。

他的手总是干爽温暖，握手时修长有力的手指就像木板

－－－－－－－－－－

① 《北京 55 日》的制片人之一。

般直直伸出。

一般人会猛然用力、紧紧握住对方的手，他则是先轻轻一握后慢慢地增加力道，直到紧握的程度方止。

他的握手有一种类似时间要素的作用，独特且强而有力的流动感给人一种想法——"所谓试图经由皮肤感受表现心灵交流，肯定就是这么一回事了吧！"

大概他精研握手之道也有一段时间了。一个寒冷的起雾清晨，我们彼此不期然在片场相遇时，看到他瞬间脱去皮手套、向我伸出手来的敏捷度，我感觉眼前为之一亮。因为一时之间皮手套并非那么容易脱掉的。

和艾伦·布朗相反的，是在马拉加（Málaga，西班牙南部城市）遇见的编剧约翰·莫蒂默（John Mortimer）[①]。他的手是湿冷的，而且握手时完全不出力。给人感觉像是碰到一团湿抹布，死命才忍住想要抽回手的冲动。

---

① 他参与编剧的作品包括《无辜的人》（*The Innocents*，1961）、《失踪的邦妮》（*Bunny Lake Is Missing*，1965）、《故园风雨后》（*Brideshead Revisited*，1981）等。

产妇的食欲

有一种被称为"病态笑话"（sick joke）、"黑色幽默"的病态且悲惨的说笑方式。比方说像这样的例子：

> 在某妇产医院的病房一隅，一名刚分娩完的妇人躺在病床上。她的脸上还明显残留着之前经历过的激烈痛苦与疲倦的痕迹。但浮现嘴角的一抹微笑却也难掩自傲与安心的神采。
>
> 这时房门被静静推开了，走进一名精神奕奕的护士。抱在她手中、裹着白色毛巾的婴儿鼓起如天使般的粉颊睡着了。母亲迫不及待地伸出双手。
>
> "哎呀，何必还特意包起来呢，反正我马上就要吃掉了。"

告诉我这个笑话的是一个英国同性恋。也正因为如此，我总觉得这是男同编排出来的故事。因为他们经常喜欢用这种没分寸的方式贬损女权。

我无意以偏概全，但根据我狭隘的经验范围，他们比起普通外国人要细腻许多，心思也比较缜密。不是指礼仪规矩方面，我想是因为心灵阴影而产生的顾虑和体贴。他们在人际关系上非常有耐性，懂得宽恕与达观。换句话说，对于成长于私小说式精神风土的日本人而言，他们是相去不远、容易亲近的存在。

我始终觉得一般的西方人都很冷酷，擅长武装自己。就算是朋友往来，也不确定彼此何时会变成毫不相干的陌生人。只要自己的权利稍微受到侵犯，他们的眼光立刻就显现出冷淡和指责，搞得我们神经紧绷，就怕动辄引来严重抗议。

又或者，一个平常沉默寡言、个性害羞的大男人，突然间会以美国人特有的正义凛然的姿态大放厥词，发出惊人之语，如：我们美国南部白人过去是如何跟黑人之间完成美好的协议、黑人有多满足于现状、黑人问题其实在南部地区根本不存在，等等。

此为是可忍，孰不可忍。我无法忍受不懂得弯折的心、不知羞耻的心。

也正因如此，我的外国朋友除了意大利人外，几乎都是同性恋者。

迈克尔的韬光养晦

迈克尔·周是年轻的中国演员，持有英国护照。长年艰难的海外生活使他用东方的韬光养晦之道将自己武装了起来。

他同时也是抽象画画家。说起他的画作，近乎是装进画框里的纯白宣纸；但仔细再看就会发现角落处有淡淡的圆形墨痕，或是挖开几个小洞。他会给自己的画作起好比"单手鼓掌"这类极具禅味的标题，默默地展示给白人们欣赏。

用这种方法，他取得了相当大的成果，不仅有小型美术馆收藏他的作品，马德里也有画廊邀请他去开个展。

他这个青年其实接受的是十足的欧式教育，但是面对白人时，他那种东方式的思维方式却绝不会有丝毫动摇。在茶话席间，他总能掏出一肚子三国志般的怪奇空想，并且话题从未枯竭过。因为光是在三国志里，就随处可见许多和"特洛伊木马"程度相当的轶事。

在中国古代，女孩结婚时，母亲会传授家传的制毒秘方。因为嫁出去的女儿有可能需要杀死正妻及其小孩；又或者她是正妻时，则搞不好得杀死更多其他的妾室和她们的小孩。你可能会觉得我们真是喜欢毒杀的民族，但是你知道吗？中国没有律师。不是人数很少，而是律师这个职业根本就不存在……他会以这种方式滔滔不绝地讲述这种不知真假的故事。

晚宴更是他大显本领的时候。

在中国，人们会将老鼠的胎儿放进粗大的竹筒里，灌满蜂蜜后加以保存。算准里面的胎儿化成浓浆时便取出食用，真是人间美味……说时还流露出陶醉恍惚的眼神。

他说没有比日本人更头脑聪明的民族了。他们会先默默地让西方人做出优良产品，一旦判断该产品是好东西时，便照着自行制作一模一样的产品。价格低得让人难以置信。假设 Zippo 打火机卖一千日元，日本制的只要一百日元就能买到，而且性能完全不变。有如此完美的复仇吗？简直就是禅学。

最后一次见面时，他说自己买了一块西班牙在地中海沿岸的土地。说是只用三万日元就买下了面朝大海的半座小山。而且只要在签约半年内盖好房子，地皮费就免了。那幢砖房虽小，却有两个房间、浴室、厕所和厨房，大约花了四十万日元建成。

"我打算冬天在那里画画，因为伦敦的冬天实在太冷了，而且我不是还有神经痛吗？还有中国的风湿痛。西医根本不管用，一定要中国的医生才能治。他们能用奇妙的药方治好风湿痛，至于他们用的药呢……"

他又开始对着同桌的几个白人胡诌八扯了，我瞟了他一眼，静静地起身离去。

愉快的航程

我们乘坐的飞机猛然朝着大地行进。眼看着就快要撞击地面时，飞行员用尽浑身力气拉起操纵杆，只见机首昂然升起，慢慢滑进了跑道。

这就是飞机着陆。

不过据说在这最后瞬间拉起操纵杆需要相当大的勇气，所以第一次执行飞行任务的驾驶员都会忍不住闭上眼睛。而在一旁监察的前辈则是一边大喊"拉呀！快拉呀！你这蠢蛋，快拉呀！"，一边用棍棒敲打新人。

我曾听某位资深机长聊过，有一次因为气流的关系，操纵杆完全拉不动。尽管副驾驶员、通信员和两名女空乘（当然这么做有违规定，但情非得已）都来帮忙拉操纵杆，但使尽一切力气它就是纹丝不动。隔着窗玻璃只见地面越来越逼近，就在大家万念俱灰之际，操纵杆突然松动了，真可谓是九死一生的关头。所有人都腿软得跌坐地板，久久无法站立。

虽说那是喷气式客机，嘻嘻，但这故事未免太过野蛮！

含羞草

在飞机上突然想到，在欧洲吃过的早餐中，最奢侈的饮料会是什么呢？

可不是葡萄柚汁。葡萄柚在日本要价两三百日元，贵的时候会到五百。但是在伦敦最高级的一个才一先令，等于五十日元。

要说最奢侈的非"含羞草"（Mimosa）[1]莫属。"含羞草"是香槟加橙汁调成的饮品。

没想到讨厌香槟酒的人还不少，但如果调杯"含羞草"送上，大概就连讨厌香槟酒的人也会露出惊艳的表情，一杯接一杯地点个不停。

我只要搭乘飞机，饮料一定喝"含羞草"。

如果是头等舱，香槟酒完全免费，可惜我很少搭乘头等舱。航程短就算了，欧洲往返一趟的话，头等舱和二等舱的差价高达二十几万日元，就算我想搭也搭不起呀。

话题回到"含羞草"，香槟酒不必非顶级不可，即便是次级品，只要肯花钱就能畅饮免税且好喝的便宜香槟酒。

半瓶波默里（Pommery，另译伯瑞香槟）只要七百多日元。因为橙汁免费，所以只要自己各加一半，敬请随意享用吧。

---

[1] 一种说法是，这种饮品为鲜亮的黄色，很像一种含羞草科植物金合欢所开黄花的颜色，故而得名。

柠檬榨汁器

嗯，关于香槟我要补充一点。

世人常说"开香槟就要砰然有声才大气"，但拉开香槟酒瓶塞时发出巨响是很低级的行为。正确做法是尽可能不弄出声响，顶多是微微噗一声即可。

巴黎有家名为"马克西姆"（Maxim's，另译美心）的顶级餐厅。如果这家马克西姆餐厅的服务生开香槟时发出巨响，那他当场就得卷铺盖走人，所以千万不可等闲视之。

保洁阿姨的收入

在酒店退房之际，行李员前来帮忙搬运行李的同时，还会出现两名穿着制服的保洁阿姨。

她们就是所谓的 chambermaid，是在我们离开房间时负责整理床铺、清扫卫浴的女服务员，两人是来收取小费的。

她们有时会莫名其妙地站在门口，或是假装有事前来，用手上的抹布东抹抹西擦擦、打开抽屉检查有无遗忘物品，等等。

她们一副急着催讨的样子，未免太过明显。所以也有些人会举报给酒店，说她们这个样子令人感到不适，所以才故意不给小费，但我觉得这种举报其实也不太合适。

她们不一定是薪金制的，多半小费就是唯一的收入来源。因此我不是不能理解她们的心情，于是我会劝说自己，在这种地方犯精神洁癖的毛病实在太不公平。

总之，花一点小钱既能取悦对方，自己也觉得高兴。俗话说"不就是钱能解决的小事嘛"，指的就是这种情况。

听人说美国的暖气似乎非同小可，应该说是温度越高越好吧，好像非得热到单穿一件短袖上衣做事的程度才肯满意。

我还听说从日本带来的一张榉木桌整个儿应声干裂开了。

至于英国，总觉得他们的暖气（英国人真是走到哪里都是英国人）有点冷。虽然确实是比外面要暖和些，但老实说，就是有种不知贼风从哪里吹进来的感觉。

坐在房间里不是聊天气就是担心对方是否被贼风吹到，或是拿出盖腿用的毛毯，十足英国风情。

另外，再看看那些开跑车的家伙。每个人都穿得光鲜亮丽，即便是寒冬也要敞开车顶奔驰街头。

夏天住进冷气全开的酒店时，还要用胶带贴住冷气孔才能睡觉。或许这才叫真正的绅士、真正的运动爱好者吧。

洗衣店与其他

因为有些外来语我们日本人十分常用，还以为直接就能用，没想到有些词却完全说不通。

该不会有人到了国外会把咖啡（coffee）说成 koohii，把布丁（pudding）说成 purin，把西装裤（trousers）说成 zubon[①] 吧。这些词很明显已经过于日语化，就算搞错也不至于轻易说出口吧。

可是把洗衣店一词误记成 raundry 的人却不少。当然正确拼法应该是 laundry，就像车库也一样，应该是 garage 而非 galage。[②]

另外就是重音的位置不对。例如表示天平和平衡的 balance，如果按照日语发音习惯加以类推，结果重音位置出现在 la 音上可就错了。发音千万得 balance（◎平衡）才行。

有些则是用法的不同，不能算错。比方说汽油的英文是 gasoline，英国的说法却是 petrol。顺带提供参考，法国称其为 essence，意大利叫作 benzina。因此一般也不会说 gasoline stand，而是 petrol stand 或 filling station（◎加油站）。

---

① 原文为"ズボン"，音译自法语中的 jupon，法语本义为衬裙，进入日语后泛指裤子。
② 关于日本人难以区分 l 和 r 读音的情况，后文"一路走来二十年"一节中会进行详述。

还有这种情形。

宴会即将告终，天空逐渐开始泛白。这时一名玩家坐在钢琴前低喃，说话的声音有些颤抖：

"已经是早上了，干脆弹首 morning 的曲子吧！"

我听到的是这样，心想不妙。他所说的"morning"其实是一首现代爵士乐的名曲，不过拼为 moaning，亦即"呻吟"的意思。亚特·布莱基（Art Blakey）和他的乐队演奏这首曲子时，因为女歌手黑兹尔（Hazel Scott）十分感动而低吟"神啊，请垂怜我！"，于是这首曲子便拥有了"Moanin' with Hazel"，也就是《我们与黑兹尔共吟》的曲名。[1]

此外就是一些误会的用法。我经常看到那种看似有些权势的日本男士，在国外的餐厅想要叫住服务生时，会发出"嘿"的呼唤声，也有人喊的是"Hey, you!"（◎嘿，你过来！）。实在让人看不下去，至少显得很没品。

其实他们应该态度庄重地说："Waiter, please!"。（◎服务生，请来一下！）若是在法国则要说："Garçons s'il vous plaît !"。（◎服务生，麻烦来下！）

---

[1] 应指亚特·布莱基和爵士信使乐队（The Jazz Messengers）1958 年录制的爵士乐专辑 *Moanin'* 中的同名曲目。

日文英译

我家斜对面是广场酒店，高二十四层楼。我在酒店顶楼的游泳池教一名英国演员游泳。

今天要练习漂浮。

注意听好了！首先要仰躺在水中。

身体不要出力，心情放轻松。只要将背弓起来就好了。然后下巴抬高。轻轻用两只脚打水，只要让身体不往下沉即可。

接着手臂自然下垂，慢慢地向左右两边开合。这个时候的重点是手臂往外拉开时，手掌要微微朝外，收合时则微微转向内侧。必须用手掌平推着滑开水，否则无法产生浮力。

好，知道后就开始练习吧！

来，身体仰躺，双脚轻踢泳池边缘。

背部用力弓起来。

下巴抬高。

手和脚的动作太快了。

身体放轻松。

手肘轻轻弯起来。

不对不对。下巴可以整个儿泡在水里。瞧你的手都冒出水面了。老是在水上拨水是毫无帮助的。动作慢一点。背弓起来。放轻松放轻松。没错没错。不对不对。

我原想按照这样的脚本进行教学，怎知知易行难。也许有人认为轻而易举，麻烦请将前面读到的那些按相同速度翻译成英语说说看。而且要在一群英国人和美国人面前大声说出来。首先，仰躺的英语要怎么说？用脚打水是怎么一回事？还有如何形容手掌微微往外翻呢？老是在水上拨水是毫无帮助的——应该很难翻吧。学习英语至今已十几年，如此简单的内容还是说不出来。

每当这种时刻，我对英语的信心顿时就会变得萎靡不振。

寿喜烧战争

请了平常合得来的演员朋友和工作人员来家里吃炸猪排。

虽然寿喜烧锅的风评也不错，但因食材只有牛肉、大葱和生菜，我个人已经吃腻了。而且煮寿喜烧锅很麻烦。

麻烦之处就在于牛肉得自己切片。比方说，一公斤的牛肉用不够锋利的西班牙菜刀切成薄片，大约得花三十分钟。

在国外大概没有用薄肉片做成的料理吧，毕竟这种料理成立的前提是得用筷子夹。

不然你仔细想想看嘛，桌子正中央摆着寿喜烧锅，围坐的五个人一旦同时操起刀叉抢夺肉片，会是什么样的光景呢？

恐怕只能用战争二字来形容吧。

招待欧洲人来家里吃饭时，为了从精神方面强制他们使用筷子，我都会先高谈阔论一番：

各位，餐桌上是休憩的地方，是放松心情的地方。

也是怀抱着深深的感谢，享用来自大自然恩赐的喜乐场所。

将类似凶器、感觉很不吉利的金属刀叉带进如此和平的地方，难道不觉得很不恰当吗？

单就味觉来说，我个人并不喜欢用金属取用食物。用刀子切开的平整切面显然破坏了食物自然的口感。

所以，请大家试着用用我们东方人的筷子吧。

如此平和、朴实的造型，用竹子或木材制作的质感，还有，相较于刀叉只有六七个世纪的历史，筷子的使用已超过了两千年。

如何，各位是否也想用筷子进食呢？

就这样，来我家用餐的朋友都很会用筷子。遇到无论如何就是学不会拿筷子的人，其他人虽然会露出安慰的表情送上刀叉，却难掩内心的沾沾自喜。这些家伙很可爱吧？

对了，今天的菜式是炸猪排。

看到切成细丝的卷心菜，朋友们都很高兴。只见堆成小山似的一口大小的炸猪排立刻就光盘了。

顺带一提，我家的炸猪排，做法有点取巧。

首先，蘸上面衣后下锅油炸。单面炸好后翻面，等到两面都炸成金黄色浮起后就捞起，放入平底锅后进烤箱。

如此一来可适度逼去面衣的油脂，外观也比较好看，也不会因为过熟而让肉质老掉。

高中英文

有个中国人告诉我一则笑话。

"我讨厌两种人。一是有偏见的人，一是黑人。"

身处伦敦，我才深深发觉日本人的手有多巧。

比方说逛百货公司，如果买了方方正正的东西，就说书籍吧，即便如此简单的形状，他们英国人也无法包装好。

纸包的外观总是松垮不服帖，感觉有点破烂。就连绳结也没办法拉紧打在中间，歪歪斜斜的，很不像样儿。

书本之类简单的东西已然如此，更何况要将台灯、罐头和衣架包在一起了，那简直是束手无策。

拿上这种包裹才走出去五六步远，整个包裹就松动散架了。

而且他们也很不会算钱。

他们就像扑克牌占卜师一样，要先一张一张将起皱的钞票放在桌上压平，难怪很花时间。

我心想，下次要先学好礼品包装、算账和珠算再来购物，到时候一定让他们瞠目结舌。

说起来，我现在正在学校里学习英语。因为美式发音在欧洲和英国的评价很低，所以我打算趁机好好练就大不列颠的纯正发音。

所谓的英式发音，比方说发 r 的音时，不像美式会缩紧喉咙。而且辅音的发音明确，因此 better 一词不会发成"贝勒"的音。不会有鼻音。o 的发音比较近似 eu。比如：

Don't smoke（◎别抽烟）。

其特色就是会说成"Don't smeuk"。

只要学好这种英式发音，走到哪里都不会出糗。有时还会被美国人问"你的发音很正确，是在哪里学的"，这时我大概都会回答"我只在日本的高中学习过英文"。

这种事还是先知道为妙

我认为外国人听到之后会很惊讶的事有：日本电视有七个频道，从一早到深夜都有节目播出；日本每年制作的电影数量多达五百部；大学毕业的新人上班族周薪约一百四十美元；日本人喜欢吃生鱼。

还有长久以来始终都是热门话题的切腹。

我也是最近才习得一些有关切腹的知识，所以每当有人提起切腹的话题时，我就会露出不耐烦的表情开始说教。

我跟你们说呀，所谓的切腹可不是肚子一切开后，人当场就会死。切腹需要有"介错人"在旁边，帮忙将切腹者的头砍下来。

不过虽说是"砍下来"，可也不是直接把头砍掉，必须要留些皮肉连接头部和躯干。

因此，下刀只能砍至脖子的四分之三处，接着迅速抽回刀，抽回的过程中仍继续切开脖子，直到适当的位置为止。

如果直接砍掉了脑袋，就变成了"打首"。这是对待有罪之人的一种介错方式。可是切腹本身并非处刑，而是一种自裁。所以介错人一旦不慎"打首"，就得轮到他切腹了。哎呀，这可真是太难了。

而且，下刀的时机很难掌握，得视切腹者的勇气而定。

也就是说，判断切腹者的勇气程度也是身为介错人的重要任务之一。

最胆小的人采用的方式被称为"扇子腹"。在供刀的高脚祭器上放有扇子，并将祭器置于较远处。切腹者伸手要拿扇子时身体会往前倾，那就是介错人下手动刀的时机。

再上一级，过程一样，但是将扇子改成刀子。再更上一级，则是在手碰到刀子时，介错人挥刀而下。其次是拿起刀子准备切腹时砍下去。

此外还有在刀子插进肚子时挥刀、在插进肚子后横向拉开时动手。最有勇气的人是横刀之后再向上剖至胸口，接着取出怀纸①将刀擦拭干净，收进刀鞘，放回高脚祭器上，端正好坐姿后开口说声"请"时，介错人才下刀。

另外，也有一种切腹方式被称为"自决"，那是没有介错人在一旁辅助的情况。也就是说，切腹者得自己割断喉咙死去。

这种情况尤其要注意的是肚子不能切得太深。肚子切得太深时，会出现严重的休克和出血问题，以致失去了割断喉咙的气力。换言之，在那种姿势下会拖很久，也很痛苦，被认为是难堪的死法。

所以千万要记住：自决之际，切腹只要稍微划破肚皮即可。

---

① 对折后放在怀中随身携带的和纸，可当餐巾纸、手帕等使用。

总之就是这么一回事。

你们动不动就提到切腹，真正的切腹就是如此。

这么一番说明过后，大概全场都会变得哑然无声。之后在某些场合，万一有人在当时听过我说教的人面前又提起切腹的话题，后者就会滔滔不绝地现学现卖起来。而我就会在一旁静静地微笑着露出"我可是每年都要切腹"的表情。

相信关于切腹的正确知识，如今已然在欧洲各地连锁蔓延开来。

且做好心理准备

到世界各国旅行后，我发觉对于一个城市或一个国家的印象竟是取决于一些细枝末节。比方说加油站员工的态度、酒店房间的墙纸图案、在机场海关等待的时间长短，还有看到餐厅用来装辣椒的容器之美等小细节。

俗话说"别带偏见去旅行"，这果然是一句让人击掌叫好的名言。令人惊讶的是，我们总是根据某种模糊的印象，得出某种确定的结论。假如立场对调，该国人民也会根据我们这些旅行者的小动作而建立起对日本人的固定印象。因此旅行者得记住自己事实上正代表自己的母国。

我要说的"做好心理准备"就是指这件事，另外还要附带一点。

有所谓"思乡病"（homesick）的说法，那是一时之间脱离人生的状态。你会感觉现在的生活是虚假的生活，认为只有回到日本才是真实生活的开始。这种时候就需要鼓起勇气，不可以脱离人生。或许语言无法运用自如，或许生活孤独寂寞，但也不能以"这是虚假的生活"为借口而选择逃避。

唯有在接受"这就是现实"之时，国外的生活才开始产生意义，这就是我的看法。

II

沉痛的调酒师

两天前我来到马略卡岛（Majorca）。马略卡的风景与其说是西班牙风格，其实更接近南法，而且是普罗旺斯地区艾克斯（Aix-en-Provence）一带，宛如塞尚（Paul Cézanne）的画作。

特别是天空的颜色、山壁的岩石肌理、松树的形状等，感觉上都明显受到了塞尚的影响。

我们住在旧城堡改造的酒店，里面的酒吧更像是古老的枪械陈列室，有些形状极其单纯的手枪，长得过度、宛如旗杆的枪械，扳机部位有着精巧装置的石弩等挂满了一整片墙。我们在那里点了两杯鸡尾酒，一边啜饮一边眺望着逐渐转变成虹彩的暮色，只见周遭慢慢沉浸在如潮水般涌来的夜晚之中。

这家酒吧的领班是第一流的调酒师。

他调制的香槟鸡尾酒滋味绝妙，而且就我所知，他是唯一一位用单手摇雪克杯（shaker）也不会让人感觉讨厌的人。

本来单手摇雪克杯一向被视为旁门左道，因为完全没有可以用单手摇杯的说法。硬要将之正当化的话，只能说是要让空出来的手可继续做别的事。也就是说，是为了清楚显示出"因为忙，所以得用单手作业"的必要性。

他的动作十分优雅。甚至可说是带着沉痛的表情一边摇晃雪克杯，一边用空出来的右手收回客人面前的烟灰缸、倒掉烟灰、送上新的烟灰缸、倒掉收回来的杯中水、将水杯浸泡在水槽中、将橄榄盛于小碟送到客人面前、拿出杯垫即玻璃杯垫、取出鸡尾酒杯中冰镇用的冰块后置于杯垫上、放好后将完成的鸡尾酒慢慢倒进酒杯里。

动作流畅优美，没有分毫冗余。手总是处于最近的距离，脸上始终保持沉痛的表情。

对于鸡尾酒的偏见

我认为所谓的鸡尾酒，其实味觉和表演各占了一半。

所以，我对于利用星期天将三个装橘子的纸箱改造成的家庭吧台完全无法苟同。当然人各有好，或许也能有相对应的享受方式，但我是敬谢不敏的。

在日本喝的鸡尾酒通常都很难喝，也难怪鸡尾酒会招致误解。不是甚至有股"真正爱喝酒的人不喝鸡尾酒"的风潮吗？

东京究竟有几位能够调出好喝鸡尾酒的调酒师呢？我想恐怕屈指可数。所以在其他地方喝奇怪可疑的马丁尼的人们会对鸡尾酒产生偏见。

鸡尾酒推车

真是太遗憾了。毕竟所谓的鸡尾酒，本来就是让人愉悦的东西。首先，要是没有鸡尾酒的话，那在晚餐前该喝什么打发等待时光呢？白兰地是餐后饮用的，得先剔除，结果变成先来杯啤酒下肚，不然就喝日本酒。下次打算吃牛排时就点日本酒试试吧，问题是得考虑到在座的是否有女士。或许你可以喝威士忌，那她要喝什么才好呢？

我会斟酌她当天的心情、喜好、酒精接受度，还有服装的颜色等点选完美无缺的鸡尾酒，我认为那种喜悦是身为男士的一大乐趣，不知你们的想法如何？

接下来是一些关于鸡尾酒的相关笔记。

马丁尼（Martini）

冰块放入鸡尾酒杯进行冰镇。再将另一部分冰块放进调酒杯中，依序倒入干金酒、不甜的苦艾酒，用调羹搅拌两三下。金酒和苦艾酒的比例可依个人喜好，三比一或九比一都好。

鸡尾酒就是要越凉越好，所以有些调酒师甚至会将金酒和苦艾酒事先整瓶冰镇后再使用。

然后，倒掉鸡尾酒杯里的冰块，将马丁尼从调酒杯中倒进鸡尾酒杯里。

接着，抓住切成条的柠檬皮两端至马丁尼上方轻拉后扭转，再放进马丁尼中。

要制作比九比一更辛辣的酒时，调酒杯中只需倒进金酒。接着将苦艾酒直接倒在鸡尾酒杯里的冰块上，然后将冰块和苦艾酒一起倒掉。也就是说，在苦艾酒只沾湿鸡尾酒杯内侧的状态下，将金酒从调酒杯中倒进鸡尾酒杯里。

关于如何处理扭转柠檬皮，其实有一个好方法。可以将柠檬皮削成直径一厘米的长条。接着，点燃一根火柴，用右手拿着移至饮品上方，将卷曲的柠檬皮拿到火上稍微扭挤。如此一来，从柠檬皮上的毛孔（应该没有这种说法吧）喷发出来的油脂会燃烧发出蓝色的细微火光，将柠檬的香气转移到马丁尼之中。

如果不这么做的话，酒的表面上会浮现闪闪发光的油脂，就像是用被油脂污染的杯子所盛装的马丁尼。

琴蕾（Gimlet）[1]

这种酒需要用到浓缩青柠汁（lime juice，另译莱姆汁）。

而且还必须是英国玫瑰（Rose's）公司出品的才好喝。不管是青柠汁还是青柠果酱，只要是跟青柠有关的就非玫瑰牌不可。

将冰块放进调酒杯中，依序倒入干金酒、青柠汁。关于比例众说纷纭，我想二比一的比例最为适当。

---

① 此款酒也有"吉姆雷特""螺丝起子"的中文译名，因在《漫长的告别》一书中被侦探主角提及而广为人知。

然后倒进冰镇过的香槟酒杯后，再放进一颗核桃大小的冰块。

这原本是搭船经过赤道时，人们在庆祝仪式上所喝的鸡尾酒。之所以放入冰块，是考虑到冰块撞击玻璃杯时会发出清凉有劲的声音。

因此若非处于大热天下，其实这冰块可以省略不用。

金霸克（Gin Buck）

据说 buck 一词有僧侣的意思。从前某家金酒的酒标上印有穿黑色僧袍的修道士图案，遂成为其语源，但并非定论。

buck 和 buckskin 的 buck 拼写一样。顺带一提，有人以为 buckskin 是皮革里衬。还有"suede buckskin"的说法，但其实完全说不通。因为 buck 是公鹿，因此 buckskin 应该是鹿皮吧。至于 suede，那是没有鞣制过的山羊皮。所以"suede buckskin"岂不就像猪肉做的烤鸡串一样不合逻辑？

调制金霸克使用的酒杯叫作柯林斯杯（Collins），是一种从上到下同样粗细的圆柱形酒杯。

首先，切一半的柠檬，在皮上划暗刀。也就是说，为了更方便挤出柠檬汁，要先在柠檬身上划几刀。

然后将柠檬用力挤压在杯底。

金酒依个人喜好倒入杯中，再兑入姜汁汽水和几颗冰块。

此酒越冰凉越好喝。

在葡萄牙马德拉岛（Madeira），人们偏好酸味，所以会挤入更多的柠檬。

种植者潘趣（Planter's Punch）

将冰块敲碎，填满一整个柯林斯杯。

敲碎冰块的方法是：拿干布包住冰块后，再用冰凿柄或可乐瓶轻轻敲碎。这种碎冰的英文叫作 frappe。

接着将半颗柠檬、半颗橙子挤成果汁。朗姆酒、糖浆依个人喜好添加，装入雪克杯中摇晃至即将结冰后倒入柯林斯杯，上面再倒进碎冰。杯缘装饰切片的橙子、柠檬和一片菠萝，甚至可加上一颗樱桃。正式做法应该要插上薄荷叶。

总之，要像儿童套餐般装点得热闹缤纷才行。吸管要插上两根，顺便再插上一根搅拌棒吧。

最后，玻璃杯表面先擦拭干净后，再用双手将剩下的碎冰用力压在杯子两侧，碎冰会像瘤一般附着上去。

千万要注意，如果不是用干布包起来敲碎的冰，就绝对附着不上去。

小菜（洋蓟及其他）

既然提到鸡尾酒就顺便介绍一下下酒小菜的常识。问题是，我对做菜并不是特别有兴趣，所以只能做些极简单的菜式。

例如青椒切丝拌柴鱼片后淋上酱油之类的小菜，也可以添加一些鲥仔鱼。类似的做法还有打两颗生鸡蛋，撒上大把的柴鱼片和海苔，再淋上酱油后拌匀吃。有山药的话亦可切条后如法炮制。

其实只要有心，我也能做法国菜。

有种植物叫作洋蓟（又名朝鲜蓟），英文是 artichoke。乍看就像巨大的绿色百合块根，如球果般层层叠叠的鳞状叶片尖锐而厚实，仿佛龙舌兰一样。

洋蓟在日本的应季时节是五月到六月。在东京只要先跟

洋蓟

店家说一声，到处都有的卖。刚上市的价格高，一个约两百五十日元。到了六月底应该能便宜个五十日元吧。

洋蓟下水煮二十分钟后放进冰箱冷藏即可。做法仅此而已。

小碟子里装一些橄榄油，加入少许的柠檬汁、多一点的黑胡椒粉、少量盐做成蘸酱汁。

吃法也没什么特别，就是由外向内依序将洋蓟的叶片剥下后蘸酱汁食用。

虽说是吃叶片，但因叶片只有靠近根部的地方有些柔软的叶肉，所以得用牙齿抵住叶片中央后，抓住叶尖慢慢往外拉，将叶肉挤出。

依序吃完几十片后，越往内侧的叶片越柔软，最后几乎整片都有叶肉可食。

叶片全部剥完后，中间会留下圆盘状的蓟心。蓟心长有细毛，吃时得先拔除，还好随便一扯就能整团脱落。说到这蓟心堪称美味，而且到达蓟心的过程少说得花上十到二十分钟，再没有如此充满乐趣的食物了。我在马德里租房子住时，每天都要连吃两三个，多的时候可以一天吃七个。

至于问我是什么味道呢？且让我想想看，最接近的应该是蚕豆的滋味吧。

最后要介绍的是食用蜗牛。自己要烹调蜗牛就只能买现成的罐头。印象中在日本见过十八个装的罐头，要价是一千一百日元。

然而罐头的缺点是只有蜗牛肉。蜗牛料理原本该用到蜗牛壳，替代品则是将蜗牛肉填进形状类似对切鸡蛋壳的容器中。

食用时，需左手使用"蜗牛壳固定钳"（类似女人的睫毛夹）按住外壳，另一只手拿小叉子挖出蜗牛肉来享用。

但如果不在乎那种仪式感的话，不用那些道具也毫无问题。

先在盘中摆好蜗牛，撒上切碎的西洋香菜和少许的蒜末、奶油、一点盐后送进烤箱。待奶油一沸腾便从烤箱中取出，趁着奶油还嗞嗞作响之际大快朵颐。

其实真正的做法可能需要用到葡萄酒，不是这么简单。只是我一向都这么做，事实上也都美味可口。

意大利面的正确煮法

到非意大利人服务的意大利餐厅、非中国人服务的中华料理店用餐的食不知味感，简直就跟到英国人服务的英国餐厅吃饭一样不相上下。抵达马德里后的最大失望就是这种遭遇。

之所以提到英国人，是因为他们的食物太惊人。炸得酥脆的薯片上居然加了荷包蛋来吃。话虽如此，伦敦还是有地道的意大利餐厅的，中华料理也能做出跟涩谷一带的小店同等级的滋味。那是因为这些店都是对应的本国人开的。

可是马德里的意大利餐厅，菜单上竟出现了意式意大利面的菜式。这是绝对不行的。

这种店家推出的意大利面大概跟日本吃的那种很类似。面条基本上都煮过头烂糊掉了。或许还要放进平底锅加上各种配菜，再以番茄酱和炒后，趁热送上餐桌吧。

这种东西绝对不能叫意大利面。会称之为意大利面的人，我想应该请他们跑一趟位于银座附近、以美国游客为对象的旅游纪念品店。让他们买下丝质和服改制而成的洋装，穿上身后再搭配高跟鞋走上街头看看。

那么，究竟什么才是正宗的意大利面呢？首先要买到意大利生产的意大利面条。

然后，选用家中最大的锅烧一锅水。没有大锅的话，用脸盆或水桶都行，总之就是越能装水的越好。

水即将烧开前丢进一撮盐。

水烧开后，将意大利面条放进锅里，尽量不要折损面条的长度。

面条的熟度要比信州荞麦面稍微硬一点。取出一根面条，用前牙咬咬看，感受一下弹牙的口感。这就是意大利人说的al dente（◎筋道、有嚼劲儿）。

好了，意大利面条已经煮至弹牙程度的口感。

用一个大型漏勺将面条捞起后迅速沥干水分。千万不可搞错拿去冲冷水。接着在空锅中放进一块黄油，由于锅身还是热的，黄油已开始融化。这时放进沥干水分的面条。面条本身也还是热的。不停在锅中搅拌，让黄油沾附在所有面条

意大利面沥水勺

的表面。

也就是说，所谓的意大利面得白净净、热腾腾、滑溜溜，有弹牙口感，油光闪亮。

面条上再撒上现磨的帕马森干酪（Parmesan cheese），放一个人的分量约三大匙最是香浓可口。有的服务生还会因客人撒的干酪粉太少而真心动起怒来。

Spaghetti al burro 的 burro 是黄油的意思，但如果加上番茄酱汁就成了 Spaghetti pomodoro，别名拿坡里番茄酱意面（Spaghetti Napolitano）。

首先在小锅中放进等量的黄油和橄榄油后开火。加进少许蒜末和适量的葱花，开始烧焦时放进番茄。番茄可依个人喜好整颗带皮或切碎放入。或者也可以放进少许切碎的西洋香菜，淋上一滴塔巴斯科辣椒酱（Tabasco sauce）。用小火煮到酱汁浓稠后便大功告成。打死我也不用市售的番茄糊、番茄酱。

在此番茄酱汁里放进剥好的贝类，待汤汁一烧开立刻从炉火上移开。淋上此种酱汁的意大利面叫 Spaghetti alle vongole（◎蛤蜊海鲜意面）。

Spaghetti alle vongole 尽可能要用细面，最好不要撒上干酪粉。

汤烟蒸腾的夏日草原……

卢森堡广播电台是个奇妙的电台，所有节目都只播放轻音乐，所以最适合开车时收听。但今天听到卢森堡广播电台播放的曲子《路易斯安那靓女》（*Louisiana Mama*[①]）时，却让我不禁用力拍了一下大腿。

头一次听到这首歌的原文歌词解开我长年疑惑的那种喜悦，真的就像广告词中虫只蜂拥而出的快感一样。

从电视里听到的涟健儿作词的日文版本如下：

> 祭典开始了
>
> 那一个晚上
>
> 女孩邀我两人共处
>
> 我们去跳舞
>
> 然后她悄悄对我说
>
> 她最喜欢的人是我
>
> 我真是又惊又喜
>
> 整个人快飞上天
>
> 我的路易斯安那靓女
>
> 罗尼欧利

---

① mama 一词在英文俚语中也指（成熟、有魅力的）女人。原歌词抒发了对女性的渴慕之情，此处应取此意。

对于这最后一句的"罗尼欧利"，过去曾引发论战。有人说是"欧利欧利"，也有人说是"罗利欧利""佛利欧利"，更有人一口咬定绝对是"诺利欧利"。比较讲究的人认为"罗尼欧利"之前应该还有轻轻发出的一声"芙"，所以主张是"芙罗尼欧利"。

因为眼前我已解开这个谜题，当然会忍不住用力拍了一下大腿！

原来根本就不是"罗尼欧利"，而是 from New Orleans（◎来自新奥尔良）。

此外，流行歌曲《可爱的宝宝》则是另一道谜题。

比方说歌词中有一句听起来是"丝加拉卡 baby"，令人一头雾水。

当时也是议论百出，莫衷一是。

在我听来是"侬基一基 baby"。不对，感觉又更像是"稀奇里基 baby"。直到买了唱片才确定是"Pretty Little Baby"（◎漂亮小宝贝）。但就算知道真相后再听，大家还是一脸迷茫。

类似故事层出不穷，最后再举一个例子。我认识的一个小朋友只学会"猫王"普雷斯利（Elvis Presley）的《猎犬》（*Hound Dog*）的第一句歌词，就跑来我面前唱个不停。歌词还挺神秘，我听起来像是：

汤烟夏原猎犬^①

yu-en、natsu-bara^②，简直就是日文嘛。

感觉有种温泉地热气蒸腾，夏日草原一猎犬的画面。

结果原文歌词竟是 You ain't nothin' but a hound dog（◎你只不过是条猎犬）。

我曾经见过火腿 X 的菜单，曾在海边看见"Peach Side Hotel"^③ 的大型广告牌。可能一早是从桃端先生开始的吧，不知为何，我们日本人对于英语辅音的感觉十分迟钝。

只要辅音一多，舌头就几乎快转不过来。偏偏在电视台唱歌的人受到美式英语的影响，误以为类似 Pretty Little Baby 的辅音发得太清楚会显得英文不好，于是故意唱成 Prettle Baby，认为那样才像是地道的发音。

听说在《如何加强英语》的书中甚至还写着：可将 going 说成 goin，让最后的辅音不要发出声。我想这种教学态度是不对的。

日本人对于英语辅音的发音可说是再神经质不过了。可到头来我们还是说成了"汤烟夏原""罗尼欧利"什么的。要

---

① 　原文为"ユエンナツバラハウンドック"（罗马字 yu-en natsu-bara haundokku）。
② 　分别类似"湯煙"和"夏原"的日文发音。
③ 　原文为"ピーチ・サイド・ホテル"，"ピーチ"（peach）应为"ビーチ"（beach）混淆辅音之误，此短语指海滩酒店。

是有人敢说自己并非如此，那就请去路上抓个英国人，对其正确说出 celery（◎芹菜）或是 salary（◎薪水）的发音。可千万不要发出意大利式的卷舌音 al。既然你说自己的发音没问题，只要能让英国人认同，我就相信你的实力。办不到的话，那你和我们没有什么两样，同属"罗尼欧利"一族，还得重新学习。公然在电视台高歌赚钱未免神经太大条，毕竟对孩子们的听力造成了不良影响。

谁还穿短袜

说到巴黎不存在的东西，我第一个就要举出女人穿的短袜。

罗马也不存在。根本就没人在卖，就算有卖的也没人会买。因为没人肯买，自然也就没人要卖吧。

那么为何没人想买短袜呢？我认为理由如下：

本来女人的双足只要保持单纯、清爽、轻盈就是最美。而且脚踝越是纤细轻薄，岂不越是让其他部分的线条、量感显现出女人味，从而变得更加柔美吗？不是有种楚楚动人的感觉吗？那种感觉明眼人一看就懂。

无偿传授这个知识有点可惜，但我还是要告诉大家，男人帅气的重点在于西装裤，女人之美要看裙子和脚踝。只要线条干净利落，其他地方也就不会有太大问题。反过来说，尽管其他地方都很好，唯独忽略此一重点绝对不行。事实就是如此。

然而东京的女学生竟然穿起了刻意折得皱巴巴的白色棉袜。真不懂干吗要费那么大劲儿让脚踝显得不清爽又厚重呢？

男人也是一样。白色棉袜只会让脚踝显得更粗，感觉很闷热，看起来就像是西方社会的乞丐一样。

该不是有人把 funky 即粗俗当有趣一路奉行到底吧！

于是乎巴黎

接近冬天时回到巴黎一看，感觉满街的人都穿起了皮衣。

但也只有白天如此。以晚上六点为界线，街上的皮衣立刻消失得干干净净。因为皮衣给人低俗的感觉，本来就不适合夜晚穿着。突然觉得，这种建立生活秩序、自己的夜晚格调自己定的精神，有点让人神清气爽了起来。

说到高岛三枝子（Mieko Takashima），她是日前被伊夫·圣罗兰（Yves Saint Laurent）挖角的日本顶尖时装模特儿。她在登上 Vogue 杂志巴黎时装周特辑的首页（这可是莫大的荣誉）后瞬间跃升为世界一流。三枝子说圣罗兰的一套订制服装，多的时候可以修改二十六次。是吗，二十六次吗？虽然不知道是改了什么地方，又是怎么改的，但还是觉得很伟大。倒不是说二十六次的次数很伟大，而是修改了二十多次居然还能发现缺点，那种检查眼光的严格和对品牌形象的坚持，不愧是世界超一流。

弄错场合

有一种说法叫"充满个性的打扮",我个人完全不能认同。至少就男人而言,这绝对是错误的做法。

比方说晚上六点以后,穿着红色运动衫走进餐厅的话,也许是充满个性的装束。

但这绝对称不上是好打扮吧。首先,讲究一点的店家就会把你挡在门口,不让你进去,并反问:

Would you be good enough to be dressed up, sir?(◎先生,您方便着正装吗?)

毕竟没打领带的话,就连一些电影院都进不去。只不过那种地方的办公室通常都有领带可供租借。

也就是说,男人的打扮得玩儿真的才行,得走正统路线。穿衣服绝对不可弄错场合。

手套就应该用野猪皮制的,外套则是选用克什米尔羊毛材质的较好。眼镜要蔡司镜片,打火机买纯银的登喜路(Dunhill),至于领带最好是法国精品杰奎斯·菲斯(Jacques Fath)。不,我是说将来有一天但愿如此。

总而言之,再怎么精心打扮,说穿了就是组合别人的作品穿在自己的身上。

既然如此,干脆放弃那些蒙混骗人的组合,何不一心一意朝正统迈进呢!

正统的反面是什么？正统的反面是弄错场合。什么叫弄错场合呢？比方说在银座并木道上开 MGA 敞篷车呼啸而过的人，"熊孩子"[①] 一词简直就是为他们量身而造的。

不知他们是给消音器剪短了还是打洞了，甚至整个拆掉了？还是说只用低挡或二挡开车自然会发出那种噪音？总之一路上净发出机车般轰隆隆的声响，随后扬长而去。

或许他们自以为"很帅气"。

依我说这就叫弄错场合。

我不是故意要唱反调，而是这样做真的很土气，不登大雅之堂。所以我要小声奉劝一句：各位还是别再用这种方式沾沾自喜了。

否则名贵的跑车也要暗自啜泣。

法国勒芒（Le Mans）举办了汽车赛事。

我想应该是跑车的二十四小时耐力赛。莲花（Lotus，另译路特斯）、阿斯顿·马丁（Aston Martin）、法赛·维嘉（Facel Vega）、奔驰、捷豹、保时捷、法拉利、蓝旗亚（Lancia）、阿尔法·罗密欧（Alfa Romeo）等跑车大厂将倾公司全力，制造汽车送来参赛。当然驾驶员也都是一流的顶尖好手。

这时，比方说有两个意大利的修车技工开着一辆破旧的

---

① 原文为"ジャリ"（汉字可写作"砂利"），在日本俗语中指小孩，含轻蔑语气。

菲亚特前来，而且菲亚特后面还拖曳着无盖货车。

在这辆无盖货车上，竟然好端端地载着一辆订制款的法拉利！没错，那可是他们过去一年不吃不喝收集零件亲手打造的法拉利跑车。

他们能赢得胜利吗？绝对没有胜算。因为他们根本就不是大资本的对手。而且只要参赛一次，这辆车就会沦为废铁。

事实就是如此。不信你以将近两百公里的时速连续跑上二十四小时看看会怎样？轮胎磨平汰换就要好几次。引擎、踏板等逐渐损耗，就算出一百台赛车，赛后能收回的顶多也就只有十台。

也就是说他们倾尽所有，投注在这一年一度赛车盛事的豪赌上了。

而且毫无胜算。

然而他们可不是搞错了场合。

我把这叫作"玩儿真的"。

岂不很帅气潇洒吗？

据说知名赛车手斯特林·莫斯（Stirling Moss）平常都骑自行车。他说满街跑的汽车，于己并非汽车，不过是代步用的双足。既然是代步用的双足，骑自行车还比较健康。

好一番见地不是吗？

有原则的人

人世间有一种人，当他们面对生活的所有细节时，会根据自己独特的见解设定严密的原则，然后坚决遵行不悖。

例如用啤酒杯喝啤酒时，杯子要怎么拿。通常不都是将把手转向右边放在桌上，直接用右手拿起来喝吗？怎知他老兄却说不对。把手非得摆向左边不可。说是当用右手拿起把手时，要有种好像酒杯靠在整个手背指头根部的感觉才行。这才是正统的德国人握啤酒杯的方式，其他方式都不可能抓稳酒杯。

还有像是报纸得从讣告开始读起才是正确做法。橘子要从枝叶相连的那头，也就是从绿色蒂头开始剥才是正确剥法。名片上的字体当然仅限于竖版明朝体。法国文学教授辰野隆的名字（隆）正确念法是 yutaka，制片人藤本真澄的名字（真澄）发音为 sanezumi，所以当其他人说成是 takashi 或 shincho 时，他们就一定会开口纠正。还会坚持英文字母 N 和 M 的正确笔顺，是先写好左右两边的直线。

另外，有的人抽烟时会先将香烟敲两下再点火，这时纸卷里的烟草会往一头集中，而另一头就会变得稀疏。令人惊讶的是，竟然有人从稀疏的那一头点火！为何要故意这么做，让香烟充满纸焦味呢？哪有如此不合理的吸烟方式呢？

还有，足袋①上的别扣数量必须固定。制作饺子皮时，高筋面粉和低筋面粉的正确比例如何。显微镜的正确使用方式。要用什么样的委婉敬语对外人说明"因为太太生产，课长请假没来上班"才是正确说法呢？问题是课长老婆生小孩，有谁会大声嚷嚷这种事呢，有的话我还真想看看对方长什么样！

如今日文的读音真是乱七八糟。洒水（sassui）变成 sansui、洗涤（sendeki）变成 senjou、直截（chokusetsu）变成 chokusai、情绪（jousho）变成 joucho，昨非今是已理所当然。订正错字出现快心一笑、寺小屋、头骸骨、首实验②等问题已成旧时回忆。——事实上这种人卖弄的小知识还真是包罗万象。

搞不好上厕所时还会沉浸于"此时就是要好好脱粪一番，才不枉脱粪（dappun）一词之爽快语感"的想法之中！

---

① 在大脚趾分开以方便穿人字带木屐的日式短布袜，通常用没有弹性的棉布制成，开口在后面，穿着时要系上带子或用别扣扣紧。
② 应分别指会心一笑、寺子屋（私塾）、头盖骨、首实检（检验首级或当场验认）。

桌上的明信片

不管怎么说，要求正确是好事。保持主见、弄清事理也是好事。

日本曾经流行所谓的"度假装扮"（vacances look），满街都能看见。与其说是不合事理，应该说是暴露了毫无主见的乱象。既然叫"度假装扮"，就应该在度假胜地穿着吧。所以拜托各位到了避暑景点与海边时再穿上。或是在家里轻松休憩、开车兜风、运动、散步时再穿。既然受到度假之名的吸引而选购，就请名副其实地穿用。一身度假装扮竟敢出没在夜间剧场、餐厅、俱乐部等场合，我真是难以理解那种人的神经有多粗！换言之，正是东京巨兽这个毫无定见、肮脏污秽的城市风貌，才纵容出如此不合事理的现象。

我倒不是因为所有的男性都不穿西装、打领带而愤慨。我只是希望凡事能合情合理。

日本的夏天高温多湿，所以穿长袖衬衫会很麻烦，也很不合理。于是乎香港衫（Hong Kong shirt）^①应运而生，倒也无可厚非。问题是穿香港衫要打领带，这可就让人十分不愉快了吧。

---

① 指一种夏天穿的短袖衬衫，由合成纤维制造商帝人公司在 20 世纪 60 年代发售的品牌名称。

一方面，他们有走到哪里都要求打领带的恶习；另一方面，这恶习又跟任何场合都穿度假装扮出席的旁若无人现象共存，真是毫无可取之处。但愿日本能向先进国家多多学习，拥有主见才好。

比方说，既然要穿西装、打领带，就请不要在人前做出卷裤管、将衬衫塞进裤子里、检查裤子拉链有没有拉好等动作。不是还有人临出厕所之际，竟一边拉拉链一边提着裤腰走出来吗？样子真是太猥琐了，连最基本的礼仪都做不到。

电梯前站着几名等待搭乘的男女。门一开，抢先出来的是男人，接着抢先进去的也是男人，而且是穿西装、打领带的男人。难道不觉得丢脸吗？这样不是不合事理吗？有几个人敢说我才不会做那种事呢？

同桌有不认识的人不都会先自我介绍一番吗？餐桌上不都会避免使用牙签吗？别人的东西不是不该轻易触碰？话虽如此，但有些人也许内心并不这么想。例如到朋友家玩时，看到桌上的明信片，你敢说自己绝对不会随手动一下或翻过来看？对我们这种不重视隐私权的国家的国民而言，不过就是个下意识的动作。

可是大家最好记住，对外国人来说，这是无法原谅的行为。在国外（我也很排斥这种说法），比方说桌上放着一张明信片，并不代表可以给任何人看。而应该解读成一种信赖的意味：这里没有未经允许就触碰私人物品的人。

　　只有服装穿得跟人家一样却辜负了对方的信赖，这样是不合事理的。

　　总之，我认为体贴心、谦虚心已逐渐式微。

天鹅绒的方向盘套

我认识的有钱人买了新跑车。而且在买的当天，就给方向盘套上天鹅绒布套，将假花、人偶等布置在挡风玻璃前，将躺着的老虎布偶放在后窗前。或许他认为这就是爱车精神的表现。

行驶在限速四十公里每小时的市区内开全速挡，等到车子爬坡开始打滑时才改三挡，而且一路上不停踩刹车。开跑车的人应该都知道这个原则——驾驶跑车时应尽量少踩刹车。减速时必须一段、两段地逐渐往低挡变换。就算天塌下来，这也是绝对要遵守的最基本原则。

开着那样的跑车却一路上不停闪着刹车灯，岂不是在昭告天下自己有多无知吗？

还有，那个天鹅绒的方向盘套是怎么一回事？简直就是最缺乏同理心的表现。对车子和制造车子的人们来说，这都是一种暴力行为。

我无法认同这样的人。

身着正装的快感

眼前的观众林立，在他们眼前、在强烈灯光的照射下，两具肉体在激烈地对打。

看到刊载于生活杂志的欧洲重量级拳击冠军头衔角逐赛的照片，我不禁用力拍了一下大腿叫声"好"。

根据当天的规定，每个观众都得穿着晚礼服（tuxedo）进场。

像这样可以强制个人遵守规矩的社会岂非可喜的存在？这跟日本完全相反。在日本反而是个人会对社会要求规矩。当然了，这样做毫无效果。

着正装是件愉快的事。感觉有种委身于社会规定而束缚自己的快感和紧实的安心感。男人穿上正式晚礼服后，不可能不心生威风凛凛的快感吧？

有些人拥护穿五分衬裤搭火车的权利。我只能说，他们应该不懂得穿上正装时那种精神上的爽快感。

我也不是一开始就喜欢穿着正装，不过是被迫穿上后才食髓知味的。所谓的正装就是这么一回事，穿过之后必定食髓知味。果然传统的东西、正式的东西能激起所有人的共鸣。

社会强制个人穿着正装的意义正在于此。也就是说，只要大家都食髓知味就好了。

比方说，规定夜晚进餐厅、剧场、俱乐部得穿着正装，究竟有何意义呢?

大概关于服装的看法，会以正装为轴，开始呈现出一个纠结状态吧。尽管正装被视为服装的中心已是再自然不过的事实了，但在日本却是划时代的概念。

在日本，晚礼服拥有者还组成了晚礼服会，竟然有这种惹人厌的组织，如此看来，大多数人的晚礼服都是租借而来的。所有杂志中关于"给买新西装者的建议"的报道，都认定黑色西装是任何场合都能穿着的安全选择。可见日本社会对正装的接受态度有多消极。

银座风俗小史

以前曾经流行过蓝色牛仔裤搭配咖啡色的羊毛套头衫。在银座，只要是对流行有点敏感度的男生都会争相穿着。

来年，年轻人稍微成长了，改为爱用运动西装上衣搭配红衬衫。身穿红衬衫、抽着木滤嘴女神雪茄（Hav-A-Tampa）的男人，看起来就像是解谜大师。

过去防尘外套（duster coat）正当道，后来进入军用风衣（trench coat）的全盛期，年轻人也赶紧找一件穿上身再说，袜子还非白色棉袜不可。

裤管之窄到了来年夏天达到极致，鞋头也逐渐变尖。另一方面，各种麂皮的靴子开始引人注目。

不久冬天到了，年轻人仿佛商量好似的都穿上了粗呢外套。因为比起风衣，没有比粗呢外套更煞有介事的衣物了。

白色袜子逐渐改为黑色、灰色。墨镜则是以茶色为主。乔治·查基里斯（George Chakiris）[1]访日时戴的蜻蜓造型的绿色墨镜还引来年轻爱好者的不快。随着开车人口的普及，裤管也日趋喇叭化。

皮外套开始显露流行的征兆时，常春藤校园风已然抬头，于是产生了横条纹衬衫、白长裤、赤脚直接套上鞋子的穿着

---

[1] 美国男演员，在1961年的电影版《西区故事》（West Side Story）中扮演鲨鱼帮的头目贝尔纳多，凭此角色赢得了奥斯卡和金球奖的最佳男配角奖。

形态。喇叭裤管越来越宽大，裙子下摆则越来越短。

不知是时代进步了，抑或单纯只是顺其自然的演变过程，年轻人的兴趣就是这样层次不高，一如失根的杂草般飘忽不定。一看到"显摆时髦"的装扮就毫无选择标准地一一弄到手，刺激性不够强烈的东西就不想穿上身，大家简直就像得了同一种病症似的。

这种现象难道不令人感到头痛吗？

因此我推荐"正装"。建议那些"定做西装的人"到了第三套或第四套时，订制一套晚礼服。千万别说晚礼服一生之中穿不了几次，而是要无所顾忌地尽量多穿。晚上出去玩，进入稍微正式的场合时就大方穿上它吧。这是我推荐给时尚感病态的年轻人的良方。以正统为主，岂非极其当然的事吗？

千万别让红衬衫、喇叭裤占据了服装的中心。"爱美"一词听起来有点酸腐味，但注重仪容本来就很重要，不是吗？你们一味追求"显摆时髦"也只是东施效颦，因为人外有人天外有天。

凯瑟克（Keswick）家族是掌管英格兰银行的超级富豪，他们家所举办的中式晚宴名流云集，以专机送来当天在香港烹调的美食宴客而闻名。

听说他①最近迷上了热气球，自家专用的热气球就放在荷

———————
① 应指 William Johnston Keswick（1903—1990），曾长期工作于上海和香港的英国实业家，中文名为恺自威。

兰。只要觉得俗事烦心时，就自己一个人乘坐热气球远离地表，纵情飘荡于大气之中，任凭思绪驰骋逍遥。

所以，我不是要说出什么长篇大论的教训，而是觉得如果我们也想要主张自己的存在，与其凭借红衬衫等手段，通过正装创造出独创的新招儿会不会更有意义呢？

左驾

今年一月五日友人出车祸致死。午夜行经横滨新道时，为了超越前车而开往路中央，结果迎头撞上来车。

在横滨新道那么宽阔的马路上发生正面冲突的撞车事件简直是莫名其妙，但原因恐怕在于他的车是左驾[①]。

众所周知，左驾的车很难超车，因为右前方的视野几乎是零。若是右驾的话，只要往右靠个二三十厘米就能看见前方。但换成左驾，就算往右探出一个车身也看不到前方。[②]

因此开左驾车的人超车时往往都很慎重。不如说，是不得不慎重。

不过，这也是人性的一种体现吧。谁都出现过丧失理性的瞬间。或许我的朋友当时一心只想超越前车吧。可能超车前他也曾往右探看有无来车，结果事发突然无法闪避吧。总之就是情况判断有误。

最近伦敦近郊也增设了许多公路标志，入口处明白写着"左驾车禁止通行"。这应该就是所谓的立法精神吧？具体而言，就是基于现实的一种精神。

大家都很清楚，只要有心就能减少交通事故的发生。

---

① 也称左舵，指驾驶员的座位位于汽车驾驶室内的左边，右驾（右舵）与之相反。
② 日本和下述英国的道路交通法则都规定左侧通行。

也就是说，百分之几十的交通事故好发于二十三岁以下的驾驶员中。既然如此，那就禁止给二十五岁以下的人发放驾照不就结了吗？至少改为发放暂时驾照之类的，就当作是对他们严格管控的尝试。

　　就只要这么做，便能让将来几十万甚至几百万的人免于横死，尽管大家都心知肚明，却还是不敢提出对策。还是得死掉那么多人不可。你我或许就包含其中。

路口方形黄线区

假设眼前有两条车水马龙的道路交会。

就算信号灯变绿了，但因为前方的车大排长龙，行经十字路口的车阵只能缓慢移动。不久后红灯亮起，汽车长龙仍停留在十字路口。

这时，不耐烦等绿灯亮的家伙们纷纷开始往左往右窜出。信号灯又变换了，这回横向往来的车子还没来得及开出十字路口，就又被纵向往来的车子缠上了。

如此情形重复几次后，十字路口的车子就像马赛克般交错在一起，动弹不得。

最近我看到伦敦为了应对此种状况，祭出了奇妙的对策。

办法就是在交通繁忙的十字路口画上一整片的黄色线条，取名为路口方形黄线区（box junction）。行经此路口的车子，必须等到另一方进入区块的车子整个通过后自己才能驶入。也就是说，只要穿越路口的车阵尾端还有一点停留在区块内，那么就算是绿灯也不得驶进区块里面。

在这个路口还会设立写着"方形黄线区"的标牌。说得明白点，就是要测试驾驶员的公德心。

将整个路口画上黄色线条，又竖立红底白字的巨大标牌，虽然不怎么好看，但反正伦敦本来就不是很干净的城市，所以也没听到市民有任何抱怨声。

DO NOT ENTER THE BOX UNLESS YOUR EXIT IS CLEAR.

　　话又说回来，纵横道路上车水马龙，只有交会处的方形黄线区里是一片空地，甚至会飞来一只鸽子伫立其中，悠悠地左顾右盼，真是十足一幅伦敦交通瘫痪的场景！

穿高跟鞋的男士们

　　一名英国绅士走进厕所，居然看到有个少女站着小解——类似的故事最近时有听闻。

　　也就是说，对方并非少女，而是所谓的披头士（Beatles）装扮。头发留得老长，穿短背心、紧到不能再紧的窄管裤和名为"古巴跟"（Cuban heel）或长筒靴的男用高跟鞋。这股奇装异服的风俗"正像传染病般蔓延开来"。

话虽如此，此一流行的对象其实（也就是这种流行的对象皆如此）是中产阶级和蓝领阶级，亦即中下层阶级的子弟。换言之，搭乘地铁时经常能看到如此装扮的人们。

不过要先声明，我无意指称劳动阶级就是下等。英国本来就是上中下的阶级分明，劳动阶级隶属于最下层。举凡遣词用字、行为举止和外观长相都大不相同。

附带一提，所谓的中产阶级大多拥有一点资产，在不错的店里当店员。但他们的工作是为了社会体面而做，比方说，位于庞德街或皮卡迪利广场（Piccadilly Circus）等一流名店的店员的薪资，大多还不及收垃圾的劳动阶级赚得多。

还是题外话，我过去一向过得贫困，所以很讨厌贫困。我对贫困本身倒也并不在意，但是我受不了跟贫困相关的事物，也就是那种"穷酸气"。

比方说，像地铁那种拙劣的东西，我一辈子都不想再搭乘了。国营铁路电车也不喜欢，就连出租车也讨厌得很。还有折叠式蝙蝠伞、日式厕所的盖子、传呼电话、从去热海旅行住一晚的隔壁阿姨手中收到小田原鱼糕的土特产、塑料制的麻将牌等所有的一切，我都厌恶到了极点。然后就是现在的披头士装扮，毕竟是低层阶级的流行，他们买古巴跟短靴的店同时也卖化纤制品，所以这东西就跟化纤制的雪靴同样可悲。

说来愚蠢，日本之前也出现过"东京披头士"的团体，如今披头士装扮也开始有抬头的征兆。看来这世界上总少不了爱兴风作浪的家伙们。

就算是穷困，我也讨厌一身的穷酸气。至少要保持堂堂正正的态度。我想，不需要步披头士的后尘，从物质层面和精神层面去证明自己是底层阶级吧。

最后，不需我强调，本文并非要谈披头士这个团体。如果真要说的话，我其实还算是他们的歌迷呢。

登喜路上的刻字

有一回，我曾开车载一个名叫芭芭拉的女孩从马德里到托莱多（Toledo）兜风。她拥有一只金色的登喜路气体打火机，每当我衔起香烟，她就会帮我点火，但我觉得很不好。

不好在哪里呢？问题就在于，她是用红色皮套装那只金色打火机的，而且盖子上居然还刻了自己的名字。我实在很想劝她一句"别那么穷酸样儿了"。

这么说或许有些奇怪，但我其实很敬仰登喜路的气体打火机。不管是功能方面还是造型方面，它都是古今稀有的成功之作。虽然简洁，却充满威严，又不失豪华，堪称"打火机之王"。打开盖子露出里面的点火结构、联结盖子和主体的活栓设计等，都可说是直接将"人类智慧"加以可视化的产物，实在是机关巧妙、令人惊喜。总之就是深得我心。

所以，那种在如此增一分太多、减一分嫌少的完美作品上刻字的粗鲁作风，我岂能忍受？而且外面还加上一个廉价的红色皮套是怎么一回事？所谓的爱物惜物可不是如此诠释的。

那么有没有可以和这种精神一刀两断的恶言恶语呢？答案当然是"有"。

这个时候，可以一吐为快地骂道：

"你这个中产阶级！"

中产阶级就是中流阶层的人家，有一点钱但品味低俗。关于不懂得真正的奢侈这方面，他们或许还不如我们这些平常生活穷困的人。因为不想有所牺牲就能享受奢侈，以至于处理奢侈的态度摆脱不了中产阶级的小家子气，所以才会在登喜路上面刻字。

中产阶级的忧郁

我最近去东京近郊卫星城镇的公共澡堂时，发现那儿停了一整排的私家轿车。开车上澡堂，感觉上还真是贵气。但仔细想想又有点奇怪，家里买得起车却没有浴室，似乎有点本末倒置吧，甚至诡异得让人不寒而栗了起来。

这时就该低喃一句："这就是中产阶级呀！"

而且还就是这种车子的椅垫和车门内侧，还留有新车当时的透明塑料膜迟迟不肯拆除。

难道这算爱物惜物吗？

他们口袋里塞着用来擦皮鞋的天鹅绒碎布，随身携带折叠鞋刷。等到一下班就动作熟练地开始擦皮鞋。

养狗就要养斯皮茨狗（Spitz）。

所谓的钱包呢，要用对折式的皮夹，中间要有纸钞夹。只夹了两三张的千元钞票未免太寒酸了！两三千明明直接塞进口袋里就好，偏偏还要一一压平，仔细放进皮夹里，反而显得可悲。

照理说没有买车，又或者应该是开日本国产车的人，却不知为何别着奔驰商标的领带夹（这就是中产阶级呀！）。问题是开奔驰车的家伙如果也别着奔驰商标的领带夹就更中产阶级了。

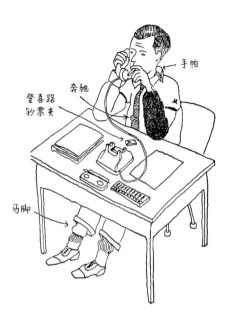

手帕

奔驰

登喜路
钞票夹

马脚

听说只去滑过一次雪。

"那里不是有 C 级路线吗？我去的那天是头一次滑雪。当场就直接下去滑，可是我完全停不下来，也不会转弯。一路就听到我大吼大叫，整个人跌进雪堆里。结果大家竟然说没见过心脏比我强的人，还称赞我有滑雪的天分。"

拜托，无论是谁都会安慰第一次穿上雪橇的人"有天分"的。

有些人打麻将拿到一手好牌，一旦被其他家先给和牌时，非得摊开手上的牌解说一番才肯罢休。

"你们瞧瞧嘛！我这是一向听，清一色对对和、三暗刻和三翻台的刻子，可惜让庄家加倍满贯给跑了。不对，应该庄家加倍满贯吧。这是清一色、对对和、加上三暗刻三翻台的刻子，果然还是加倍满贯。哇，硬是让庄家的加倍满贯给跑了。三万六千分呀，一千八百日元呀！"

男人的傲气到底放哪儿了？身为男人不就该忍下这口气，当作没这回事吗？所谓的忍字不正是男人帅气的表现吗？哭喊着"一千八百日元呀！"是想怎么样呢？这哪还能是摆出一副扑克脸的时候了呢？

说到扑克，有的人明明手上没牌，却能在赢了吹牛时若无其事地（应该是刻意装出来地）摊牌说"看吧，什么都没有"。尤其是女生最擅长此道。

请试着想象我和两位这样的女生一起去四川饭店。决定要去四川饭店时，我的脑海中就已定出大致的菜单。首先是皮蛋、海蜇皮和白斩鸡的前菜，接着是锅巴虾仁、青椒牛柳或核桃鸡片，最后来碗鸡肉辣面。

结果发生什么事了呢？眼前的敌人肯定是读过女性周刊杂志"约会讲座"之类的专栏。"点什么菜我都可以——这种暧昧的态度会给对方留下缺乏主见的印象，只会扣分。在餐厅就根据自己的喜好点菜。（照片 F）"

于是，才刚上桌，女生们便态度明确地宣布："我要芙蓉蟹、炸春卷和咕咾肉 ①。"

我就像泄了气的气球似的点了芙蓉蟹和咕咾肉后，悄然走出了餐厅。

① 这三道菜品一般说来均不属于正宗的川菜菜系。

女人眼中的世界构造

我喜欢女性访客。没有比和她们轻松闲聊科学类话题更有趣的经验了。

就在日前，有两位女客来找我。在我无暇招呼时，两人聊得正起劲儿。因为话题从昨天的地震转到了地震仪，于是我也不禁插嘴加入闲聊。

"你们也知道地震仪吗？"

"我们当然知道。不就像唱针一样会动吗？"

"唱针？那动了以后会怎样呢？"

"就能画出地震的动态，在纸上。"

"所以说那个类似唱针的东西会像地面一样震动。"

"没错。"

"喔，那只有纸张不管地面如何震动都保持静止不动喽。"

"没错。"

"为什么？"

"欸？"

"我是说为什么只有纸张不会跟着震动呢？"

"对呀，就是说嘛。该不会是吊在半空中的缘故吧？"一人回答。这就是女性访客有趣的地方。她们怎么就没想到吊在半空中的东西也会跟着摇晃呢？还是说她们以为使用了气球什么的。

关于人造卫星的对话也很令人难忘。

"你们知道人造卫星为什么会动吗?"

"不就是靠火箭吗?"

"那只有在发射的时候。绕着地球飞行时就没有使用任何动力了。"

"啊,我知道了。应该有轨道吧。只要上了轨道就能自由行动吧?"

"那所谓的轨道究竟是什么?"

"不就是跟铁轨类似的东西吗?"

"我说你真是的。所谓的轨道才不是那样子。空气不是都一直环绕在地球表面流动吗? 所以是气流呀,气流。"

这时两人似乎留意到我的表情。

"哎呀! 我们说了丢脸的答案。你心眼真坏,快告诉我们答案吧,人造卫星为什么会动? 该不会是因为那个的关系? 就是那个呀,钟摆原理。"

我打算在不久的将来写一本附有插图的书,叫《女人眼中的世界构造》。

偏见

这种人可能比我预期的要多吧，因为我自己就是其中之一。

我其实在实际来到巴黎后，才发现自己非常讨厌巴黎。

马栗树并立的街道、香榭丽舍大道、蜗牛、咖啡、Bonjour monsieur（◎早安，先生），还有巴士抵达伤兵院——从克里希（Clichy）搭地铁——在蒙马特山丘上——这面包的好滋味！就是那知名的棍棒状面包（法棍）、名叫可颂（croissant）的新月状面包——在卢森堡公园、塞纳‐马恩省（Seine-et-Marne）河畔的长椅上，今天一对对情侣仍随心所欲地闲坐其上——布洛涅森林、枫丹白露、香颂歌手琵雅芙（Édith Piaf）、首席芭蕾舞星、协和广场、圣杰曼德佩区、mademoiselle（◎小姐）、贝雷帽、Garçon（◎少年）、N'est-ce pas（◎不是吗）？

是不是开始觉得有些不舒服，想吐了？实在是太甜美、太缺乏男性气概了。

总之提到巴黎的话题就很难说下去。

前些日子，我在位于布洛涅森林里的大瀑布餐厅（Grande Cascade）的阳台上和某妇人共饮餐前酒。

如墙壁般环绕在餐厅四周的马栗树，眼下正是花开时节。粉红和白色的花朵开得灿烂，几乎都快遮住所有叶片了。我们所在的小阳台周围遍布马栗树漫天盖下的帷幕，感觉与外部世界完全隔离开来。

天空就像秋日的运动会一样，碧蓝、高远又澄澈。我们一边轻啃着青橄榄，一边慢慢啜饮冒着气泡的金巴利（Campari）苏打。

"马栗树总是长得特别高大，枝繁叶茂的，挺厚重……"

"是呀，树底下显得有些阴暗。"

"花开得跟瀑布一样，现在应该是花季吧？"

"今年有点晚，而且粉红色的花朵开得不是很热闹。你看，开粉红色花朵的树和开白色花朵的树是错开种的吧。换作是往年，就会一粉一白很明显的错落有致，很漂亮……"

怎么样？

是不是很讨厌？牙床都要酸出水了吧？

可是，这是一段很自然的对话。我也没有刻意戴上贝雷帽，也没有人做错了什么。问题出在用日文聊巴黎的话题本身就不行，给人感觉很不舒服。

诚如大家所见，我是个非常有偏见的人。

那现在如何了呢？虽然偏见已经改善不少，但我还是没有很喜欢巴黎。只觉得那是一个很美丽的城市。

巴黎的确很美丽。

所谓的城市总是会恣意随性地逐渐变脏，巴黎却能始终保持美丽的身影，这事实着实叫人难以置信。

如果在银座重现香榭丽舍大道的一隅，只怕乍看之下会跟贫民窟没有两样吧。

绿底黄字

茶色

巴黎何以如此美丽

原因有很多。首先抽除掉法国人的审美，我想主要原因在于大部分的建筑物都是石砌的，而且高度大致统一。

任何一栋建筑物都拥有宽大平整的一面。也就是说，因为建筑物的周围是屋顶和墙壁，抠掉窗户和门就只剩下单纯的平面了。

如何在外观上将这种平面处理得更明快，同时建立明快的质感？这些可以说是建造房屋的重要课题吧。

比方说，铁皮屋顶就是最佳失败案例，茅草屋顶则是非常成功的做法。

另外，大片的灰泥或水泥墙，多半会变成僵死的空间。若是砖墙，就还能抢救一下。

石砌建筑物的优势在于，以上这些问题在某种程度上早已事先解决了。

石砌建筑物看起来很美的原因之一，是窗户的形状。

为了承受得住石头的重量，窗户必须做成竖直而狭长的形状。如此一来，窗户就必然会变小。要想采光好，只能增加窗户的数量。由于大量的窗户不好一一装上遮雨棚，于是干脆采用对开的形式。结果一整排对开的细长型窗户并列，也就产生了一种视觉上的律动（rhythm）。

而且建筑物的高度又几乎一致。因为高度一致，所有建筑物合而为一，所以给人一种仿佛道路有多长，建筑物就有多巨大的感觉。

换句话说，这里起到了一种单纯化的作用，也同时成为让巴黎变得美丽的线索之一。

美则美矣，就是没有自家的庭院。反正整个城市就像庭院一样，倒也说得过去。

孰好孰坏就看你怎么判断了。

单纯的疑问

我有许多单纯的疑问。

东京究竟是从什么时候开始变丑的呢？东京还是江户时是怎样的风貌？江户的街景美吗？我想大概是吧。毕竟全部都是日本建筑。只要建筑的样式统一，街道就不可能不美。

那么断层到底是从何时开始的呢？东京是从何时开始变得难看的呢？会是人们建造新家时开始在玄关旁边设置西式房间的时期吗？还是开始立起电线杆的时期呢？还是开始用油漆书写广告牌的时期呢？抑或是屋顶改用铁皮之后呢？因为地震或空袭而烧成平地的街头，这前后时期的美感该如何传承接续呢？在巴黎和罗马，如果要兴建新的建筑物，想必来自城市美感的抵抗力一定很大吧。就是因为太大才不敢胆大妄为吧。日本的美感就少了那股抵抗力。

林木荟郁的山脚下，聚集了几间茅草屋顶的农家。要是在其间突然盖了一幢米白色灰泥墙的两层楼房，还莫名其妙地铺上绿色的铁皮屋顶说是村公所，结果村民们居然接受，这究竟是怎么回事呢？

日本人本来应该是极度追求美的民族，但果真如此吗？为何反而只见丑的要素日益发展呢？

为什么在日本，只要是有人聚集的地方就肯定会变丑呢？只要人群一聚集就会破坏大自然的美丽，这究竟是怎么回事呢？

比方说，海边很美，但为什么海水浴场总是难掩肮脏呢？在这方面，丽都岛（Lido di Venezia）就做得不错。丽都岛是坐落于威尼斯对面的细长形小岛，这里的海岸边就处理得很好。只有一些比狗屋大不了多少的更衣室或者说是小木屋的建筑物，屋顶漆成灰白色，墙壁全部都是蓝白色条纹。不知道意大利人为什么那么喜欢蓝白色条纹。看到好几百间这样的屋子呈一直线排列，大概会让日本人想到镰仓海边的竹苇屋，并暗自在内心大骂：可恶！他们怎么这么厉害。

又比方说巴黎机场，在一片灰色、蓝色和轻金属色的宽敞大厅中，服务柜台小姐穿的橘色制服特别显眼。让人不禁击掌叫好，高呼这就是巴黎。为何巴黎会如此美丽呢？这是一个有着绿色、黑色、茶色、灰色和少许的橘色、钴蓝色和黄色的城市。人们也都穿上灰色、黑色、各种茶色的皮衣走在街头。他们是为了配合这个城市的色调。人们把城市当成高级外套穿在身上。

为什么巴黎能做得那么好呢？为什么东京会那么糟糕呢？难道日本人是糟糕的民族吗？

日本灰泥墙小住宅的二楼窗户可说是一种丑陋的典型，丝毫不具任何的形式美。反正外观本来就无所谓，不是吗？既然是房子的外面，就代表它不过是房间的背面。考虑到人是住在屋子里面的，所有不好看的东西都放在外面就对了，所以才导致了此般想法的出现。

于是遮雨板的窗套就会突出来。厕所的通风口、浴室的烟囱、雨水槽、煤气表、牛奶配送箱、信箱、在屋顶上架设晒衣台、竖立电视天线、置放狗屋、收纳电线的铅管、煤气管爬在外墙上。就连政府也来掺一脚，架设电线杆、拉起电线、竖立交通标志、在大门口弄上 NHK 的收视人名牌、电话号码、告示内有恶犬的金属板，印有"遇强迫推销、诈骗、勒索，请打一一〇"标语的贴纸、打击犯罪联络所的木牌，为标示订阅的报纸而用粉笔写上"朝日""读卖""每日"等文字并圈起来，再旁边一点，是钉有蓝底白字的琺琅门牌，除了地址还附上提供厂商的广告，上书"一日百元的民谣温泉，位于板桥站前"。

要是这户人家准备开拉面馆的话又将如何呢？首先得挂出招牌吧。招牌平行于屋檐挂一块，垂直于墙壁再挂一块，还有二楼窗口和屋顶之间的三角形区域，也都要用同色油漆写上同样内容，并在入口处挂上店招门帘。还要制作屋顶造型的小型广告牌，上面写着"中餐、盖饭一应俱全，外送迅速"，还要写上菜单放在路口。墙上贴几张电影海报，将自行车和摩托车停在店门口，再有红色公用电话和告示"此处有公用电话"的椭圆形广告牌。如果是位于商店街，红红绿绿、五光十色的霓虹灯招牌到处可见。还有配合柳祭、樱祭等特卖活动时高挂的灯笼，还得装饰樱花假花。

这就是我们的街景。

刻意试着用贫民窟风格加以统合。

肮脏度十足！

我的收藏

只因一个演员拿起相机拍照，艾娃·加德纳（Ava Gardner）就突然不高兴地离开片场，并宣布取消今天所有的行程。[①]

原来是因为她过去坠过马，当时有人偷拍了她受伤的脸，所以自那之后她就有了拍照恐慌症什么的，还真是可怕！

摄影机和灯光都架设好了，所有工作人员也都准备完毕。包括查尔顿·赫斯顿在内的十几位合演者、几十名临时演员也都化好妆、着好装等着上戏。

如果问我讨厌什么样的人，那我想，真的没有比因为自己的情绪不好而打乱整个工作团队的节奏更惹人厌的人了。

因为工作没了，于是我便决定接受之前受邀的专访。我心想，万一被问到"你讨厌的东西是什么"，就要当场那么回答。结果对方没有提出这个问题。

不过左思右想自己到底讨厌哪些东西却是件很愉快的事。忘了是谁说过的：所谓的美感乃是嫌恶的累积。

有关讨厌事物的备忘录。

刊登在电影杂志上，被称为明星肖像画的读者投稿。

几乎十之八九都是少画一只眼睛或是不画鼻子。那不就

---

① 此处在讲《北京55日》的拍摄幕后，艾娃·加德纳在片中饰演一位戏份吃重的俄国男爵夫人。

是简略的变形图像吗？而且这种现象还持续了一二十年。换言之，大家其实也都是照葫芦画瓢。

书籍、报道的标题为"日本歌舞记（伎）""美食三十六记（计）"。奖项名称取为"某某华奖（划桨）"、组织集会叫作"时人牙会（拾人牙慧）"之类的谐音。光是写出来就已经让我感到恶心想吐。

就像在汽车保险杠上写 NO KISS（◎禁止"接吻"）、I HATE YOUR KISS（◎我恨你的"吻"）、DON'T KISS ME（◎别"吻"我）之类俏皮话的那种感觉。或许这就是日本人幽默指数的最大公约数吧。

在参观电影明星豪宅的图文报道中，肯定会有洋娃娃收藏品的照片，这又是怎么一回事呢？我倒不是对洋娃娃抱有特殊偏见，只是觉得电影明星收集洋娃娃，就跟穿别人的丁字裤上场相扑一样，仿佛是在对外宣告：我其实是很孩子气的人。

而且收集洋娃娃的人弹奏的乐器也必定会是尤克里里吧。我不是说尤克里里有什么不好，而是那种用收集洋娃娃的取巧心理选择最容易弹奏的乐器来拨弄，整个氛围弥漫着一股很可悲的感觉。

点了咖喱饭后，有的人在食用前会先拿勺子蘸一下水杯里的水。那是出于某种卫生上的理由吗？问题是那杯水最后还是喝下肚了，反而更让我丈二和尚摸不着头脑。

想来，这人应该不是故意要向众人表现"我现在正在吃不干净的东西！"吧。

有人喜欢边喝威士忌边用餐，好像也有人喜欢一边喝咖啡一边吃晚餐。让人不禁怀疑这些人到底有没有味蕾！请各位想象一下，一杯加了冰块的威士忌搭配河豚生鱼片，绝对不行吧！

边喝咖啡边用餐，这是西部片流行以来一向就有失风雅的美式野蛮作风。或许光从这一点就不难窥见美国人在欧洲是多么受到蔑视。

结果你们猜怎么着？日本的酒店竟然起而效尤，还没开始用餐就先端出了咖啡壶。

有的店家只卖小瓶装的啤酒。

有的店家将日本酒用传统酒壶和光滑剔透的威士忌酒杯送至客人面前。

还有羽田机场服务人员的制服。这么说虽然对那些工作人员很失礼，但我认为那些制服是国家的耻辱。而且贝雷帽的戴法大错特错。所谓的贝雷帽是要深深地戴在头上，而非轻轻地搭在头上就好。

有乐町零番地的崇光百货（Sogo）公司墙面高耸，大字写着 yomiUri Hall（◎读卖展演厅）。可是大家知道上面罗马字 Y 的粗细相反，而且 u 字不知为何竟然变成了大写的 U，粗细

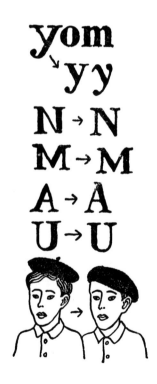

也反了过来。还有 y 是小写，H 是大写，到底是有多粗心大意呢？

所谓的罗马字就是要从左上到右下，线条斜向地逐渐变粗。由于 U 字是 V 字的变形，故左侧的直线较粗。既然吃的是设计这碗饭，那我深深期盼这些人至少要有这点常识。

会把"樣（样）"字写成"羨"字的人。挖鼻屎的女生。鞋店里只能照到脚踝高度的镜子。在我眼中，没有全身镜的鞋店算不得鞋店。

"好的方面的敌对意识"这种词。还有"好的方面的个人主义"这种词。

有些人很喜欢使用千篇一律的惯用语。到酒吧时，他们会故意用行家话点单："村山 Highball①""铁管啤酒"。点水喝时，调酒师也会依样画葫芦送上"没利润的水"。

滑雪跌倒，整张脸埋进雪里叫作"面部刹车"。

还有"光荣地来来去去"。或者看到有人在打扫，就会随口说"下雨了哦"或是"哎呀，原来还真是下过雨了"，真的，肯定会说这种话的。

① Highball，高杯酒，指在威士忌等酒中掺苏打水或干姜水等混合而成的饮品，加冰块于高玻璃杯中饮用。

走路昵称"出足车"①。听到秀才、名人一词出现就反问"可是秀应该是生锈的锈吧""名应该是明日黄花的明吧"。

会管搭霸王车叫"萨摩守"。②

就算开玩笑说什么"啊哈的第三年忌日""原来如此秋茄易断"还无伤大雅,至于"不好意思的入谷鬼子母神"就让人觉得丢脸了。③戏称好色之徒为"郁金香",甚至更直接称呼其为"鼻下长"(ビカチョー,读音bikacho)。④动不动就咒骂人"要去松泽医院⑤"。

故意在自行车、婴儿车前加上"私家用"一词。

会取笑外斜视是"伦巴"⑥,把裤子拉链叫作"社会之窗",说木屐是"日本钉鞋"、去洗澡是"纽约"⑦、当铺是"一六银行"⑧、星期天是"睡觉日"的也都是这种人。

① 原文为"テクシー"(tekushii),戏仿自"タクシー"(takushii,出租车)。

② 日本平安时代知名的萨摩国国守是平忠度,其名字"忠度"的发音(Tadanori)和"只乗り"(搭霸王车)一样。

③ 此句引号中的三个短语只是要表达"啊哈""原来如此""不好意思",后面都是无意义的赘字。——译注

④ "好色之徒"的日文是"鼻の下が長い"(鼻子下的人中长),郁金香的茎部细长(花下长),花与鼻的日文发音相同(都是hana),所以由鼻下长联想到花下长,进而将好色之徒称为"郁金香"。

⑤ 松泽医院是日本知名的精神科医院。——译注

⑥ 原文为"ロンパリ"(rannpari),指一只眼睛看伦敦,另一只眼睛看巴黎。——译注

⑦ 纽约的日文发音(nyuuyooku)和日语"入浴"(nyuuyoku)很像。——译注

⑧ 当铺的日文是"質屋"(shichiya),"質"的发音和数字"七"一样(都可读作shichi),一加六等于七,故有此俗称。——译注

以上这些都是由来已久的惯用句，他们却自以为幽默地挂在嘴边。

两个这样的同好碰到一起时——

"真是受不了那些听不懂说笑的人呀。"

"就是说嘛。简直是话不投机半句多。"

两人才刚要开始聊，只听见对方发出一声"嗯"就接不下去了。这厮立刻酸上一句"原来是日光灯呀"①。

这种对于语言粗枝大叶的态度究竟是怎么一回事呢？

有人要买到东横线学艺大学的车票时，会理所当然地对着窗口大喊"学艺一张"。什么叫"学艺一张"！然后还有"银晃"一词的说法，肯定是从前对语言粗枝大叶的人创造出来的。我觉得还是应该完整地说成是"银座闲晃"才对。

---

① 日光灯开了之后要过一阵子才会亮，意指反应迟钝的人。——译注

巴黎的美国人

关于美国人，我喜欢一则笑话。但如果一开始没先声明是笑话，只怕每个人都会当真吧，因为刻画得很生动。

笑话是说，有个美国人到巴黎卢浮宫参观，他站在蒙娜丽莎画像前惊呼：

But, it's so small! (◎可这也太小了吧!)

固然，那个议员参观罗马遗迹时感叹"看来罗马还没有从战祸中复兴起来"的故事很有名，但我想百分之九十现身于巴黎、罗马的美国观光客和他也没什么区别。如今比较有名的笑话，讲的是一个美国人参观庞贝废墟时大喊"这真是遭到了彻底的炮弹攻击"。

请试着想象一下，昨晚我去观赏了马歇·马叟（Marcel Marceau）[1] 的哑剧演出。我的正后方坐着一对美国中年男女。

在法国，戏剧开演时会以手杖敲打舞台的声音作为通知，就像日本的拍板一样。当发出咚咚的声响时，就听到后面的男士开口说"怎么还在敲钉子"，我不禁皱起眉头竖耳倾听，果然又是典型的美国人。

电影院里不是常常会有不停说剧情的人吗？就是那种情

---

① 法国传奇哑剧大师，创造了 Bip 小丑的经典形象。

形。两人不断发表意见，想弄清楚表演者的意图。

"啊，你看！他关上窗户了。接着在拉瓦斯管、松脱开关。看来是打算吸瓦斯自杀。哇！好臭好臭。哈哈哈，居然丢下瓦斯管跑了。哈哈哈、哈哈哈，结果又打开窗户，哈哈哈，竟然在深呼吸啦。"

拜托，哑剧本来就是一看就能懂的。

如果是日本人，脑海中最先浮现的会是这种考虑——"说出这种话会被人笑吧""这应该是很幼稚的问题吧"。可他们却一丝这方面的意识也没有。

他们勇往直前、无坚不摧。他们是肉食野兽。

我要承认，自己对美国人抱有种族偏见，尤其讨厌所谓的美式英语。那究竟算什么呢？直接把英文冲到鼻腔再用喉咙压碎，到底是谁最先用如此扭曲的方式说英文的呢？只能说是大家一起竞相努力的成果吧。

美语在我看来完全就是乡巴佬的语言。拜托大家不要视敝屣为珍宝，也不要仿效。你们大可对他们说"以美国人来说，你的发音算是不错"。

满街可见"美语会话""美语教学"的广告，还有"众多美国人老师任教、一对一教学"的宣传。我曾经进去窥探过一次。一个四流的美国人立刻出来紧迫盯人，自我介绍说"My name is Richard Ernest"，发音居然是"欧内斯特"，不是自己的名字吗？难道不能正确发出"阿内斯特"①的音吗？各位，要跟这种家伙学英文简直是倒了八辈子霉。

接着要说美国人的小孩。美国人的大人长得已经够丑了，他们的小孩完全是大人的缩小版，满脸的雀斑，还戴着眼镜。美国小孩长得实在很丑，很抱歉恕我直言。真受不了他们，不但一点都不可爱，行为举止也没个孩子样儿。

更有甚者，不管大人还是小孩，讲话都很大声。他们吃的牛排也大得离谱，简直就像门神穿的草鞋，比盘子还要大。而且还是就着咖啡咽下去的，难怪精力旺盛得跟蛮牛一样。这样的人到了卢浮宫觉得蒙娜丽莎看起来很小，我还能说些什么才好。

经常可在报刊家庭版看到这种报道：曾以美国留学生身份进入某个美国家庭生活了两年的铃木花子小姐（二十一岁）寄给本杂志以下投稿 ——

净是"严格的家教""一尘不染的公园""受到尊重的孩子的自主性""不为别人带去困扰的教育""全家往来的男女交际"等定式内容。像这种凡事一概而论的报道着实让人看得义愤填膺。

---

① 原文为"アーネスト"，更接近 Ernest 读音的应为"厄内斯特"。

如果美国的小孩教育那么完美，那美国怎么会到处充斥着失败的大人呢？畅谈方法论之前先看看结果吧。美国人哪里比日本人优秀呢？的确，在公园乱丢纸屑是我们的不对。这件事该道歉，但是要让美国人来教日本人规矩未免太过愚蠢了吧！

尤其重要的是，日本人不能抛弃过去曾有过的人情之美。也就是体贴、顾虑、客气、谦逊等其他国家都没有的优美民族性。

美式教育的优势顶多就是公德心吧。相较之下，日本的好处正逐渐消失。比方说敬语，找不到哪个国家的敬语能比日本发达了。千万不要让小孩子放弃学说敬语，因为敬语文化很美。

又或者更贴近生活的例子，味觉。

如果说完全的味觉是十分，日本人的味觉是七分，欧美人的味觉只有三到四分吧。所以不要让日本人的能力降低了。吃什么速食？不要再残害自己了。

既然有闲工夫看无聊的电视节目，好歹也该认真地熬煮高汤吧，全日本的母亲们。

III

来自伦敦的电报

在 70 毫米电影《吉姆爷》（*Lord Jim*，1965，另译《吉姆勋爵》）中，有个重要角色瓦里斯（Waris）。如愿意自费参选，请来伦敦接受试镜。——收到这封电报是在十一月的某天。发出电报的是担任该片选角导演的女性友人。既然要求自费，想来算是大致拿到内定了吧。于是，我抱着轻松的心情搭上飞机，没想到事后问了才知她竟是孤注一掷下了豪赌。接下来的二十天，我可是抱着必死的决心，直到整个人都瘦了一圈才回到日本。

其实一开始搭飞机时，旁边坐着的人物就不太对劲儿。我觉得好像在某酒店大厅见过对方，是那种衣襟别着菊花徽章的大人物。

"喂，帮我叫车。"

"好的。请问该如何称呼？"

"我是众议院议员金山大三郎。"语气难掩轻蔑。

（如果真有这号人物纯属偶然，失礼了。）

这股气势非比寻常。话说回来，要是有人问起我的姓名，我才不会回答"我是电影演员伊丹十三"。这种人就该拜读一下子母泽宽[1]的《骏河游侠传》。其中那个老大觉得，在自

---

[1] 子母泽宽，本名梅谷松太郎。曾任新闻记者，后作为大众文学作家活跃，曾担任多部《座头市》电影的原作和编剧。

己的势力范围内坐轿子愧对其他弟兄，所以他决定徒步旅行。读到这儿，他就该明白真正的威信是怎么一回事。我可不是在开玩笑。同样是高阶人士，层次却差远了。

他肯定是会在巴黎的餐厅里松开腰带、拉下拉链，直接从绑在腰间的钱兜里掏出黑钱的那种人。据说那种人分三个等级：一种是先问"厕所在哪里"的人；其二是正准备松开腰带的瞬间听到随行的人说"厕所在那里"，便乖乖走进厕所的人；第三种是先喊"我才不去厕所"，随后直接在众人环视下取出腰间钱兜的人。这种人根本软硬不吃。尽管皮囊套着英国制的西装，内里却连猴子都不如，我这么说怕还侮辱了猴子。然而当他老兄回到日本时，来机场接机的人还会这么说：

"各位，请注意看金山大三郎议员的双手。这可是致力于促进日美亲善的双手呀。"这时，他老兄好像想起了什么似的补充道："我的手可是跟艾森豪威尔（Dwight D. Eisenhower）握过的。"真是有够无耻、有够言不及义。

每当跟这种人同席的时候，我就为自己是日本人而感到愧疚。"政治家首先得是优秀的历史学家才行"的说法，究竟何时才能于现实世界中实现呢？

这种事最好在厕所做完。

急吼吼地在众目睽睽之下冲出厕所，节省了这么几分钟，您想用来干吗呢？作为绅士，最不能丢掉的就应该是内心的游刃有余。

快要窒息的十分钟

巴黎起了浓雾。

我们在哥本哈根等了三小时，又在巴黎上空盘旋了三小时，结果还是无法降落，只好往南飞，迫降在尼斯机场。上次造访尼斯机场已是三年前。至今人们还是喝着葡萄酒、啃硬邦邦的法式面包、吃干酪、穿着质地轻软的衣服和鞋子、脸上戴着墨镜。

提到地中海，或许有人会想象出澄碧天空和湛蓝海水的画面。其实完全不是那样。到处都是暖烘烘、雾蒙蒙的。天空和海水都有种甜美的气氛。虽然天空是蓝的、海水是橄榄绿色，但整个大气中却充满了慵懒的银色雾光，让人昏昏欲睡。

至于陆地，是那么的柔美温暖。绿松为底的景象之中散落着红屋顶、泛黄老墙的几户人家，所有的红色花朵都一起恣意盛开。尼斯机场的餐厅有提供意大利面的午餐，金山大三郎发出好大声响地吃着意大利面，他那副德性我可不想在此复述。只能说在他吃完之前的十分钟里，在场的其他日本人都绷紧了神经动弹不得，简直是快要窒息的十分钟。

156

女猎人一行

抵达伦敦时，距离从日本起飞已经超过二十四小时了。下榻处是历史相当悠久的公园路酒店（Park Lane Hotel）。就是那种隔了十几年旧地重游，在下午茶时分走到大厅时，还能看到同一角落的同一位置如化石般坐着同一位老妇人，用跟十几年前同样的动作举起眼镜，隔着镜片观察周遭人们的老酒店。

正在犹豫进了酒店是该脱掉外套还是继续穿着时，看见人们已不知在何时将外套搭在手臂上，看来正确做法还是该脱掉吧——这家酒店就是这么讲究此类小节。

地下有大型舞厅，夜夜都聚集了衣香鬓影的老人家们。他们一连好几晚都在举办盛大舞会。给人感觉不太舒服，反正不是我该去的场合。

一接近剧场开演的时刻，公园路附近就开始出现身穿晚礼服昂首阔步的人们，纷纷赶往约好的酒店酒吧。不可思议的是，就连晚礼服穿在伦敦的英国人身上，看起来也显得稀松平常，不那么娇贵。或许这就是英式时尚的精髓所在吧。

也就是说，绝对不崇尚华丽，也不追求标新立异，不能有独创性，不能走个性化路线，以上都太特立独行了。

身为英国绅士，如果穿上欧陆风格（continental）的西装走在路上，肯定背后会遭人如下的指指点点。

"那个年轻人的服装品味似乎有点奇特……"

"就是说嘛。那种欧陆风格真是叫人不敢恭维呀。"

相对地，只要是面料好、款式传统的西装，就算穿得再久再破旧也没关系。只要皮鞋擦得锃亮、换上新的鞋跟，就是仪表堂堂的英国绅士。

读翻译小说时，不是经常会出现穿上洗烫好的衣服出门的男士吗？其实并不如小说呈现的那样，洗烫过的衣物算是稀有的存在。

然而说到英国女人的时尚，就完全相反了。她们可说是一味地求新，亦即爱穿所谓的巴黎时装。到处充斥着长靴。大型格纹的斗篷不停地呼啸而过。鲜红皮革缝制的骑师帽满街都是，我觉得很可笑，但那种帽子现在正流行。感觉就像是一行无所事事的女猎人硬要挤进伦敦徘徊，着实显得格格不入。经由非感性民族的笨拙工匠制作的巴黎时装，穿在那些皮肤惨白、粗枝大叶的身体上，怎么可能会合适呢？

因为不合适而显得可悲，订制巴黎时装恐怕花了不少钱，却一件件看起来都像是廉价的成衣一样。

果然，地道的巴黎女人（Parisienne）是特殊的存在。大家只是将极其平常的黑色毛衣搭配灰色套装或是麂皮套装、麂皮大衣，加上栗色的鞋子和皮包走在路上，但气人的是，从上到下就是那么的协调有品味。没人穿什么订制的巴黎时装。大家只是将成衣适当地搭配组合而已，一身洗练的穿搭功夫旁人难以望其项背。将丝巾打个结缠在手提包的把手上，则是牛刀小试的玩心。

唉！其他国家那些为巴黎时装废寝忘食的女性同胞们，真是悲哀的存在呀。

莲花伊兰

在伦敦的二十天也是消化不良和胃灼热的二十天。

因为太过紧张而伤到了胃，屋漏又逢连夜雨，偏偏每天都有晚餐的邀约。无人邀约的日子则轮到我做东招待其他人。

吃什么东西都食不知味，嘴里只要一含到酒就觉得开始烧心。意大利有一款名为 Soave Bolla[①] 的白葡萄酒，尤其 1959 年的是我的最爱。结果就连它都酸到我连一杯都喝不完。

试着用啤酒取代葡萄酒，但难以下咽就是难以下咽。威士忌更是不行。最后甚至连水也沾不得。果然心中有事，就会先从肠胃出现问题。

启程去伦敦时，我暗自做了一个无聊的决定。要是自己能获得此角色的演出机会，无论如何都要买辆莲花伊兰（Lotus Elan）庆祝一番。

莲花伊兰是英国莲花公司制造的跑车。排量只有 1600cc，算是很小的。但最高时速能飙到将近两百公里。你猜发动后达到时速一百公里要花几秒？答案是只需七秒。简直是辆疯狂的跑车。

拿到这个角色意味着什么呢？当然就能跟彼得·奥图尔（Peter O'Toole）、詹姆斯·梅森（James Mason）、库尔德·于尔根

---

① 也有 Bolla Soave 的写法，译作宝籁苏瓦韦白葡萄酒。

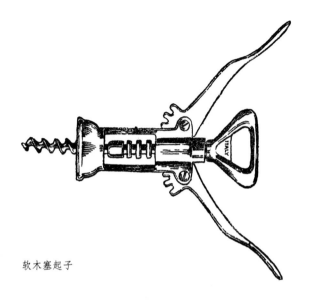

软木塞起子

斯（Curd Jürgens）、埃里·瓦拉赫（Eli Wallach）、杰克·霍金斯（Jack Hawkins），还有日本的斋藤达雄等人合作飙戏，而且还是理查德·布鲁克斯（Richard Brooks）[1]执导的70毫米电影作品。对于一个演员来说，光是如此就已是梦幻般的荣誉。然而不光如此，能够拿到角色，就意味着这笔丰厚的收入可以让我买辆莲花伊兰，还能轻松喂饱我们两口子一整年。

那要是没拿到角色又会怎么样呢？这种事我也不是没想

① 美国著名编剧、导演、制片人，执导代表作有《黑板丛林》（*Blackboard Jungle*，1955）、《朱门巧妇》（*Cat on a Hot Tin Roof*，1958）、《冷血》（*In Cold Blood*，1967）等，曾凭《孽海痴魂》（*Elmer Gantry*，1960）获得奥斯卡金像奖的最佳改编剧本奖。

过，光是东京、伦敦间的往返和住在一流酒店的花销就需要一百好几十万日元。更别说还有随之而来的失败感、屈辱感，带着异乡失志的满身疮痍收兵回东京的心情，将是多么的凄惨呀。

所以说，能不能拿到角色，两者的处境天差地别，堪称残酷至极。

我当然知道这种烦恼的层次太低，但我就是日夜忧思不能自已，所以想取笑我就尽管笑吧。

拿到的一页剧本

抵达伦敦的隔天，导演理查德·布鲁克斯有点不舍地交给我一张纸。上面的文字就是要我试演的戏。内容有点长，虽然我很想马上公开全文，但因被下了严格的封口令而作罢。"这剧本的内容只要有一句泄漏出去，我个人搞不好就会杀了你——不，我是说真的。"

理查德似乎是个我行我素的性情中人。毕竟这是他耗费了七年心血完成的剧本，据说连他太太琼·西蒙斯（Jean Simmons）也没看过。

总之那场戏大概是遇到危机，我们能依靠的不是情感而是正义。说得好听点，那是一段说理式的冗长台词，但其实没有比用英文打出来的台词更无趣的东西了。

我两眼直视着那页台词，心想我不可能办得到。在如此突兀的情况下，要用怎样的生活情感去娓娓诉说那种用外国话写的台词呢？当场我只能双眼直盯着那张纸看。

当导演开口说"好吧"的时候，我脸上虽然没有显露出来，但内心早已七上八下。因为我以为试镜就要开始，这下可难堪了。

只见理查德一脸严肃地说：

"我想演员应该都很讨厌试镜吧。其实，演员根本没法保证自己是否能拿到这个角色。对演员而言，那种不上不下的感觉是多余的精神负担。

　　"所以，我希望提供协助让你能全力发挥。只要你愿意，现在立刻就可以彩排，或是等两三天后再彩排也行。不然也可以不用彩排，直接就正式来。就看你觉得怎么做比较好。不，慢着，就连这个回复也没必要现在就告诉我，你可以好好考虑过后再说。"

　　总之我需要思考的时间。于是约定三天后彩排，五天后试镜。

"GO AND CELEBRATE"

　我无意写下那之后到试镜前的琐碎经过。理查德的表演指导很厉害。我从来没有见过哪个导演像他那样对所有细节都抱持明确概念，并拥有用语言精巧说明的能力。彩排之后，我发觉自己的每一句台词开始有了新的生命。说真的，试镜时我充满了自信。

　对了，虽说是试镜，他们依然很郑重其事。到片场时，他们已经搭好了试镜用的布景。而且我们还要穿上试镜用的戏服上场演戏。摄影机和照明也都跟正式拍片时没有两样。那天试镜的有竞选女主角的索邦大学女学生和我共两人。那个女孩的一场长戏始终拍不好，重拍了约十几次吧，加上我的部分，少说也用掉了 3000 英尺（约 914 米）的胶片。3000英尺说起来好像没什么，以日本拍一部故事片平均使用 3 万英尺胶片来看，可见他们对此次试镜的郑重其事。

　我的正式试镜，第一次是摄影机有问题，刚开始没多久就喊停。第二次是合演对手说错台词而 NG。到了第三次，从浑身颤抖的震怒开始，最后以近乎微笑的低喃收场。结束时还听到理查德轻声说 Thank you very much（◎非常感谢）。一次就 OK。这时我才发觉自己腿都软了，差点儿没办法走路。

　理查德称赞 "very good"（◎很好），而且是一连说了好几次。我想他好像也有说 "excellent"（◎真棒）吧。外面的天色已经暗了，感觉收拾东西准备回家的工作人员脸上似乎也浮现出为我祝福的神情。

不料，自从那天以来，我始终没等到回音。整整两个礼拜，我心急如焚，日子过得浑浑噩噩，十分痛苦。

最后我变得自暴自弃，甚至觉得如果不想用我的话，就趁早给个了断吧。虽然只是试镜，但能和理查德这样的导演共事，终究说来不算坏事。因此就算被拒绝了，也是一次难得的学习机会，我有什么好遗憾的呢！至今我仍清楚记得当时陷入半自暴自弃时还拼命说服自己的心路历程。

反正那些也都是过去的事了。毕竟我现在正在拍摄《吉姆爷》的外景，一边顶着柬埔寨的暑热一边写这篇文章。最早通知我结果的是选角导演慕德。她说"Go and celebrate"（◎去庆祝一番吧）。刚好当晚我已受邀去同样也将出演这部片的沃尔特·戈泰（Walter Gotell）的招待晚餐，干脆就直接庆祝了。更不必说，隔天我便在雨雾纷飞中出门去订购了莲花跑车。

纸飞机

要问柬埔寨的首都在哪儿，应该很少有人能立即回答出来吧。答案是金边。这里有名为皇家（Le Royal）的一流酒店。请想象一下五个人坐在该酒店的酒吧里。

我们首先点了拳头大的面包夹一片火腿的三明治，饮料则是可口可乐或番茄汁。你猜结账时花了多少钱？居然要八千日元。

见微知著。对游客来说，恐怕没有门槛比柬埔寨更高的国家了吧。且不说物价的事，这里毫不例外地存在地下汇兑。想要到黑市卖掉手上的美金，据说公定 35 的汇率能卖到 85。

金边有国王住的皇宫，我觉得这里可以不用去，因为看了会感到十分悲哀。那是国王为了向天下展现自己的威权而兴建的一座巨大城堡。首先让人觉得可悲的是，没想到如此幼稚的伎俩至今依然通用。其次是建筑物本身，俨然是迪士尼乐园 —— 极尽五彩缤纷之能事，红、绿、黄、金……这些颜色日本人只可能考虑涂抹在新设立的健康中心上。看着大刺刺地耸立在碧空下灿烂夺目的建筑物，心情自然会变得高兴不起来。

说起柬埔寨的名胜，最有名的当然是吴哥窟。巨大的石头神殿建于十世纪前后，它们盘踞在丛林中的身影给人以奇妙与神秘的感受，连同周遭的风景都值得珍爱。

所谓的住家是用树叶搭盖的两坪（约 6.6 平方米）大的小屋。人人都打赤脚或是穿着橡胶拖鞋。女人身上就是简单的上衣搭配一条缠腰布。水浊的壕沟和池塘到处可见，牛和人都在里面或沐浴、饮水，或洗碗、洗衣。也许是打猎归来吧，背着弓箭骑自行车的黝黑男人一脸笑容地飞驰而过。

吴哥窟里有座简朴的僧院，我回忆起那门口高挂着用竹子、橡胶和纸糊成的偌大飞机。起初我还以为是小孩子做的，其实不然。听说是僧院里最高阶的和尚有生以来第一次搭飞机到金边旅行，因为太得意了而制作飞机模型挂在屋檐下好对附近的人们夸示。

话又说回来，我从来都不知道这个国家的人民竟是如此的单纯、有礼貌和害羞。因此对于那些拿他们当土著颐指气使的四流、五流的白人们，我只能以人渣称之。

眼看着就要日暮西山，我打算到暹粒市吃晚饭。市场里的面摊儿滋味还算不错。

理查德·布鲁克斯说的话

你想过电影和舞台剧的不同吗？有什么是电影有而舞台剧没有的特权呢？

那就是"眼睛"。

也就是说，我们能从演员的眼睛里观察到一切事物的最深处。这是电影才有的特权。

所以我打算在《吉姆爷》这部电影里充分活用此特权。换句话说，对演员而言，任何欺瞒都不管用。

你只要想着去"正确感受"就好，这样演技自然而然就能从眼睛里透露出来，然后摄影机将其捕捉下来。这是唯一能让观众相信的做法。

只要你的眼睛能正确反映出"正确感受"，其他就不需要太多的演技。过多的面部肌肉动作和肢体语言都没有意义，甚至多半会带来坏处。

这就是我喜欢加里·库珀（Gary Cooper）的原因。有些人认为他是不会演戏的烂演员，其实大错特错。

他总是能正确地去感受。正因为是正确感受，所以不用多做什么就能吸引观众的目光于一身。

我至今仍记得那个场面，他一个人站在火辣辣的当空烈日之下。[1]

他是孤独的，内心感到绝望与不安，同时也充满焦躁与恐惧。

他看起来好像只是一脸紧张与不快地站在那儿。但仔细一看，他自然下垂的右手正慢慢地握紧又松开。

那是很厉害的表现力。观众甚至可以感受到他的手心正在冒汗。

也就是说，他的表演具有说服力的理由，就在于他用内心捕捉到的绝望、不安和紧张，还有天气的酷热都充满了全身，让他不需发挥多余的演技。反倒是当收敛于内心的感受盈满时，他用悄悄松开又握紧的右手将这种感受发散出去了吧。

这应该就是表演的说服力或是想象力吧。

这就是我所说的要先做到正确感受。希望你能了解——做到正确感受之后，演技上的发挥越少就越好的意义何在。

假设你演出某个场面需要十成的动作，请考虑用五成的动作去演。如果五成的动作能演好，就考虑用三成，甚至最后能做到只用一成或是不用，动作也能胜任。

演出的场面越是触及内心深处，这种做法就越是重要。

---

[1]　此处所述场面可能出自西部片《正午》（*High Noon*，1952），讲述了一群杀手要来小镇复仇，加里·库珀饰演的退职在即的警长在遍寻援手不得后，被迫只身对抗恶徒的故事。

有关电影的表演，或者说是表演之前的问题，你认为最重要的是什么呢？

就是要被摄影机拍到。

不管做什么，要是摄影机没拍到也就毫无意义了。比方说从腰间拔出手枪的动作，如果镜头只对着胸部以上将会变得如何呢？

所以说，即便对你而言把枪举在腰间射击是很自然的动作，此时也不得不举高到胸部的位置吧。

这种不自然的程度，几乎是百分百会随着摄影机离你越近而越明显。所以演员必须平常就培养出一定的弹性，以便及时应对这种不自然。

以下是极端的举例，比方说这场戏是左手拿着炸弹，右手要将定时装置塞进去。

看似平常的剧情，其实比想象的要难演得多，处理不好就会让观众看不懂演员在干什么。

也就是说，必须看起来让每个人都知道你左手拿着炸弹，右手拿着定时装置，而且正要将定时装置塞进炸弹里，否则这场戏就毫无意义。

所以，就算是如此单纯的动作，也应考虑到摄影机的位置；还有，要尽可能选择自然的动作，亦即所谓的"正确做法"。

演员的工作，就是发现此一"正确做法"。只要你们能多少认识到这一点，我也就不必每次都提高音量了，是不是呢？

这部电影必须做到所有的表演都尽量简洁，而且意义明确。

这也是我不让报社记者和摄影师进入外景和片场的理由之一。

换言之，人们早就不相信电影了。说得更直接点，就算去看《埃及艳后》（Cleopatra，1963），有谁会相信伊丽莎白·泰勒（Elizabeth Taylor）就是克莉奥佩特拉呢？

也就是说，人们知道得太多了。人们在走进电影院之前就已经被"广告宣传"洗脑了。

所以就算他们看电影，在为男女主角谈情说爱的画面感动之前，早就兴味盎然地聊着"别看他们两人那样，其实私底下感情很不好"。

比方说，要是来看这部片的观众心里想着"画面上看似葱郁茂密的丛林，其实在镜头之外架着几十盏灯光，演员们就坐在红黄颜色的沙滩椅上喝着百事可乐"，岂不是很困扰？

这部电影的背景——吴哥窟也是一样。它固然是绝佳的广告宣传话题，但我不想着墨太多。

就我个人而言，就算是在普通的丛林里，我也有信心拍好这部电影。所以偏重内心戏的场面，我尽可能都拍室内，不让画面带到吴哥窟。

就怕观众的眼睛略过演员而集中到背景，大喊"看那些石头"，那岂不很糟糕。

有人批评彼得·奥图尔每拍完一场戏就回到自己的化妆室，不到最后一刻绝不出现在拍摄现场。

但其实这样的指责是不对的。

彼得出现在拍摄现场时，总是处于完全准备妥当的状态。

所谓的准备妥当，代表他随时可以正式上阵，事实上，直接正式开拍的情况在他身上也十分多见。

而且他的走位也很精确，只要让他实际看过一次该从哪里走到哪里停下的位置，之后就绝不会出错。能够如机器般正确停在该停的位置，你们不知道这对我和摄影师的工作有多大的帮助！

难怪我愿意那样优待彼得。

大家都问我工作样片（rush）怎么样？哈哈哈，样片当然是很精彩的喽。

问题就在于要如何剪辑上了。

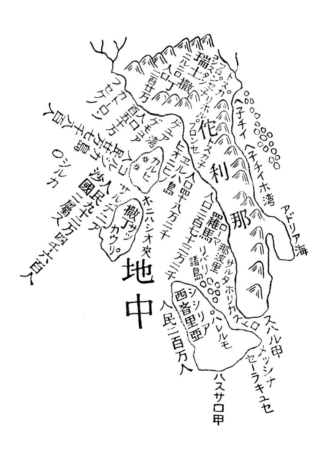

作为英国人的外在条件

因为一年没买鞋子，我最近都快把鞋子穿塌了。

我喜欢的款式是用轻薄的麂皮裁制、带点运动风格的皮鞋。在我英国友人的口中被戏称为"狗鞋"（dog shoes）。

这种"狗鞋"只在威尼斯的"波丽鞋店"有卖。我每年总要找个理由前去订购六双。如今所有鞋子都穿塌了，名称也该改成"车辙鞋"（rut shoes）了。

于是我打算去威尼斯买鞋。或许有人会觉得专程从伦敦跑到威尼斯买鞋太过讲究，但偏偏我对这种"狗鞋"起了一种中毒反应，穿上瘾了。少了"狗鞋"，我的"服饰规划"就难以为继。

狗鞋

原本我暗自憧憬的是英国人的时尚品味，可惜个人的外在条件不允许。也就是说，作为英国人，就必须符合一些外在的条件限制。

亦即：

一、面部皮肤得呈熏鲑鱼般的粉红色。

二、头发最好是亚麻色或栗色。最重要的是后脑勺的头发得跟耳孔切齐呈一直线。

三、后脑勺，尤其是脖子一带最好呈薤头①状。

四、姿势一定要端正。

五、重心要站稳，身体多少有点"前倾"就更完美了。

六、双腿必须是由上到下呈一直线的棒状。

----

① 百合科葱属多年生鳞茎植物，别称有薤头、野韭等。

假如要我试着素描英国人的双腿，那我肯定会画成两条与地面垂直的线。

我小时候曾经在京都上贺茂学过游泳。大约上了十天的课，就在暑假结束之际，每个人根据进步情况领取级别证书。这间游泳学校的经营者肯定是异常的分类狂，因为我拿到的评级竟然是"等外三级乙"。

就像以肉品分类来说，大概属于里脊、腰肉、特级肉、高级肉、中级肉以下的"普级肉"类别吧。

However（◎不过），不管怎么说，如果把我画的英国人的双腿素描拿给美术老师看，肯定也只能得到"等外三级乙"的评价吧。

由此可见，我的图画是多么缺乏应有的凹凸线条。

所以我们日本人顶多只能拿着"布里格"（Brigg）蝙蝠伞、抽着"登喜路"烟斗对付一下了。而且关于布里格伞，根据我可敬之友白洲春正君的说法，还不能像英国人一样收紧缠好，拿着走在路上时得松开来才安全些。

也就是说，要昭告世人自己在英国带伞出门，纯粹是因为伞好用的关系，而不是想成为英国人。

这么说来，法国风格或是意大利风格倒是一向适合所有人种，因为没有那么讲究传统。

在伦敦，要是穿蓝底白细纹的工作西装、头戴圆顶硬礼帽、手臂夹着《泰晤士报》走在街头，别说任何外国人，就连中产阶级以下的英国人也很难效仿。至于叫我穿着横纹衬衫搭配棉质长裤，再加上一双狗鞋走在威尼斯的大街上，则是一点抗拒感也不会有。

在巴黎也是一样。穿黑色马球衫外搭深灰色西装，胸前口袋里塞条色彩缤纷的手帕，加上短外套走上街头，我一点也不会觉得丢脸。

不过，穿上这一身装扮，凸显出自己伪装成法国人的感觉会让我不太愉快。

也就是说，装扮成冷淡、小气、不亲切、自私自利，一言以蔽之就是小布尔乔亚阶级、小市民主义的法国人已经有种卑微的感觉，结果自己还只是个冒牌货，当然也就高兴不起来了。

所以我就算去巴黎，也只会买开车用的手套、麂皮外套，或是皮尔·卡丹（Pierre Cardin）、迪奥（Dior）、杰奎斯·菲斯、圣罗兰等名品店的领带而已。

在迪奥买的那条有着淡淡胭脂色波斯图案的深色领带真是绝妙。虽然有配套的手帕，但绝对不能同时使用。

不，这样做或许在欧洲还行得通，在英国就会被认为是邪门歪道吧。反而沦为中产阶级的品味。

日暮道远

老提中产阶级似乎有点穷追猛打，然而在英国，最需要留意的地方恐怕就是那种一味附庸风雅装高贵的穷酸感了。

比方说，我们把厕所说成 toilet，但在英国绝对不能使用这个词。也就是说，这是住在伦敦郊外的中产阶级主妇硬要充上流时的用词。

那种情况就跟在日本仿佛生怕人家不知道家里有钱，没事儿就要加盖一个粉红色欧式房间一样。不对，这个例子举得不好，应该说是连提到啤酒也要刻意加上敬语，反而落得画虎不成反类犬的窘态。

关于厕所的说法，老式酒店里通常会挂上 Gentlemen's（Ladies'）dressing room［◎男士（女士）卫生间］的告示牌。

因此也可以简称其为 men's room 或 gents，甚至还有 John 或 loo 的俗称。平常说成 lavatory 即可，私人家庭则可用 bathroom。

还有一个，也是日本人经常被教错的用法，就是男性在电话中报上自己的名字时，有的人会说"This is Mr. Itami speaking"（◎我是伊丹先生）。

问题是中产阶级才会用"Mr."（◎先生）自称，正确说法是"This is Juzo Itami"（◎我是伊丹十三）。唉，学习语言这条路真不好走。

我曾经听黑泽明导演说想拍这样的一场戏。

那场戏是一个老人深深叹息道"感觉真是日暮道远呀"，说的就是现在的情境。

这不正是日暮道远的感觉吗？

However，且不提那个，前面说到我要去威尼斯买鞋子。

这趟旅行我想走奢侈路线。也不是啦，奢侈路线只是说来好听，其实就是打算来趟不设定预算的旅行。也就是说，住自己最想住的酒店，到自己觉得最好的餐厅用餐。尽情观光喜欢的城市，遇到无论如何很想买的东西也不需犹豫，直接买下来。

或许有时候看到账单会当场愕然。但如果通过这样的经验，从此学会遇事面不改色，那么学费也算是便宜的了。

英国红茶的冲泡法

从伦敦到威尼斯的交通方式，还是决定自己开车吧。光是听到开车旅行，就已然谈不上是奢侈路线，但也没办法。其实我也很想跟詹姆斯·邦德（James Bond）一样搭乘"东方快车"（Orient Express），不过，这次就好好享受一下绕路的乐趣吧。

穿越英吉利海峡需要搭飞机。也就是说，要从利德（Lydd）或绍森德（Southend）机场连人带车一起搭飞机前往加莱（Calais），航程约四十分钟。

一架飞机可运送三辆小车或两辆大车，不知道他们是如何平衡损益的。虽然作风神秘，但这家"英国航空"公司的服务十分诚心诚意，所以它也就成了全世界我最爱的航空公司。那么，即将和英国暂别了，为留个纪念，且在利德机场喝杯英国红茶吧。

所谓英国式的红茶，首先要冲一壶浓茶，然后将冷牛奶倒入茶杯中；之后才倒红茶进去，太浓的话可加热水调整；接着放进砂糖。绝对不能乱了以上的顺序。茶壶当然得先温过，牛奶也必须放凉。使用什么炼乳就算是旁门左道了。不过也有一派说法认为，先倒牛奶的是中产阶级，但并非定论。

不管怎么说，我在日本倒是很少喝到这种味道的红茶。根据我的经验，这味道只出现在了一个地方，那地方可以说是极度的意料之外了——我竟是在羽田机场的一处类似简易食堂的地方与这种味道重逢的。

　　总之，我们在利德机场喝了二十五日元的红茶后便飞往加莱。顺带一提，关于此航线，詹姆斯·邦德的《007之金手指》（*Goldfinger*，1964）中有详细介绍。

爱马仕和卓丹

加莱，距离巴黎 275 公里。

其间，我们在海滨小镇维姆勒（Wimereux）吃午饭。

"亚特兰蒂斯酒店"的蟹肉派美味可口。

巴黎。

每次来到巴黎，我都会买开车用的手套。位于香榭丽舍大道丽都拱廊商场（Arcades du Lido）后门附近的男装店有卖质感绝佳的手套，我想一次至少得先买个六双才行。

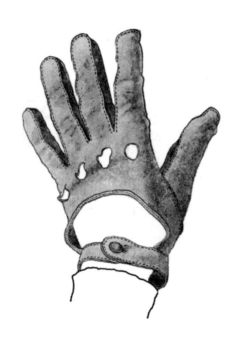

它的对面是"艾迪"（Hedi），我推荐那里的麂皮外套和羊驼大衣。我首先大概就会去这些地方购物。

接下来如果还有需要，就会去看看"爱马仕"（Hermès）和"查尔斯·卓丹"（Charles Jourdan）。

"爱马仕"是世界最好的手提包店。使用的皮革极其柔软，款式单纯而厚重，加上绝对不会坏的金属配件，实在让人爱不释手。

一个包至少也要五万日元，但它同时也能让持有者的气质明显增色许多。

进入其他店铺时，只要拿着爱马仕包，受到的待遇都会不一样。

查尔斯·卓丹的鞋

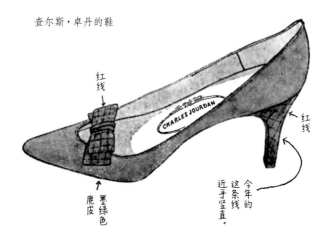

红线

CHARLES JOURDAN

红线

↑
墨绿色
麂皮

今年的这条线近于竖直。

我看上了男士用的鳄鱼皮钱包，价格硬是多了一位数——要价二十万日元。

拥有"爱马仕"手提包的女士，穿的鞋就一定得是在"卓丹"买的。

说起"卓丹"鞋的魅力，实在是妙不可言。换言之，鞋子本身就充满魅力，简直让人越穿越喜爱。

所以，要去巴黎的人千万别忘了造访"爱马仕"和"卓丹"。不对，并非只限于巴黎，香港也买得到，只不过香港卖的是去年的产品，所以最新流行的款式不行，但单纯、不退流行的经典款则建议到香港买。

香港

因为前面提到了，那就稍微聊一下香港。虽说香港使用英语可通行无碍，但有点言过其实。毕竟在机场、大酒店、中心大街的商店里能使用英语沟通是理所当然的事，否则日本也能算是用英语畅行无阻的国家了。

可是如果外国人到了鱼类市场，说什么"Sliced fat tuna with lots of spice"，也不知店家是否能听懂对方是要点金枪鱼脂肪肥厚的部位，并且多加山葵。

换句话说，要想真正享受香港之旅的乐趣，就需要有个中日文都很流利又懂得吃的向导，但问题是，并非每个人都能认识那样的朋友吧。

有些人专程来到香港，结果却只吃了炒面、饺子和日本料理便打道回府，我实在是看不下去。

因此，我用了许多时间、耗费私财，完成了以下香港美食之最佳菜单。近日有要去香港的人不妨裁下此页，到指定的餐馆后不用说话，只要出示纸片即可。[①]

上海菜："大上海"

一、醉鸡

二、油爆虾

---

① 下列菜品在原文中均以汉字写出。

188

三、青椒牛肉丝

四、醉蟹（十月起）

五、炒双冬 [①]

六、砂锅白菜

北京菜："乐宫楼"

一、海蜇鸡丝

二、肉丝拌粉皮

三、干烧冬笋

四、烤鸭

五、炸酱面

还有关于物价便宜的传言，我也有话要说。总之就是便宜。二十支装的洋烟卖六十日元。至于洋酒的话，比方说白马威士忌（White Horse）不过上千日元出头。到一流餐厅点一人份的饺子十五个，你猜多少钱？只要一百日元。

总之世界精品应有尽有。以女鞋来说就是卓丹，手提包是爱马仕、古驰（Gucci）。至于打火机，则是登喜路和都彭（S. T. Dupont）等名牌，它们都只需用日本价格的好几分之一就能买到。就像看到世界一流的制造商都竞相在此"出清存货、跳楼大甩卖"一样。

---

① 原文为"炒奴冬"，疑为笔误。所谓"双冬"，是指冬菇和冬笋。

也许有人会说，那香港不就是购物天堂吗？话倒也没错，的确是购物天堂。但购物千万要找值得信赖的店家才行。毕竟这是个外面摆真货、里面藏赝品，胆敢公然销售假劳力士表的城市呀。

说到值得信赖的店家，我也很难把整个城市里的店家都看过一遍。因此以下仅介绍几个有商誉的店家。

香港方面

一、钟表：中华百货

二、布料：老合兴行

三、洋货：连卡佛（Lane Crawford's）、Mackintosh's、永安国际（Wing On Co.,）

四、宝石：Cecil Arts Jewellery

九龙方面

一、钟表：Geneva

二、洋货：瑞兴（Shui Hing Co.,）

三、布料：Hansen Tailor

三星级法国餐厅

法国有家米其林（Michelin）轮胎公司。该公司为开车旅行者出版的地图和旅游指南，几乎每个到欧洲旅行的人都人手一册吧。

不好意思，我又要提到詹姆斯·邦德了，电影《007之金手指》的日文字幕将"ミシュラン"（米其林）翻译成"ミケリン"（米凯林），难免让人感觉有点遗憾。

关于米其林，我们日后再叙。至于它出版的旅游指南，则是以法国为主，将餐厅分类为四个等级。

首先是三星级，属于就算路途遥远也值得造访的等级。它们会提供最好的法餐和无懈可击的服务。

其次是二星级，即便绕路也要吃吃看。

一星级，附近一带滋味出众的餐厅。

此外，底下还有更多没有星级的餐厅。而最早获得三颗星评价的餐厅全法国只有九家，九家之中有四家在巴黎。

它们分别是马克西姆、银塔（La Tour d'Argent）、拉彼鲁兹（Le Lapérouse）和大维富（Le Grand Véfour）这四家。这种地方的消费门槛有点高，的确也是，买单时着实破费不少。

其他散落在地方的五家大多位于类似驿站的小镇或是温泉胜地里，首先客源大半是散客，因此可以想见服务上也会比较一视同仁。

所以这一次，我打算征服巴黎以外的三家三星级餐厅。分别是阿维尼翁（Avignon）的邮政酒店（Hôtel de la Poste）、维埃纳（Vienne）的金字塔餐厅（La Pyramide）和塔卢瓦尔（Talloires）的比斯老爹酒店（Auberge du Père Bise）。

那就上路吧！

在那之前我想起一件事。

没喝完的葡萄酒

巴黎的三星级餐厅之一，印象中应该有拉彼鲁兹吧。我和一位日本人在那里共进晚餐时，点了一瓶白葡萄酒但没喝完，大约还剩下半瓶。心想千万不要浪费，打算整瓶打包，结果居然不行。

毕竟是用自己的钱买的酒，应该拥有打包回家的权利。

但也不是说高级餐厅存在着"好酒必须剩下一点不喝完"的不成文规定，且那么做才是上道儿的表现。

餐厅都有专门看守酒窖的员工，通常都是有着红色酒糟鼻的老头。如果将自己点的菜式告诉管酒人并咨询意见，对方就会根据菜式建议上合适的葡萄酒。

他们会在胸口挂着一个类似扁平红茶杯一样的金属制扁杯。据说在过去，他们会用那杯子试酒的味道，所以还保留当年的习俗。

有些餐厅也还继续雇用管酒人。管酒人的学徒多半是少不更事的男孩。

既然有心要成为管酒人，当然就得学会如何分辨所有的酒，对吧。

问题是，为了培育管酒人，总不能说开就开价值好几千法郎的葡萄酒喝吧?

因此只要有客人开了瓶好酒，就必须留下一两口作为少年学徒的试喝品。因为万一将来优秀的管酒人都断绝了，困扰不便的还是客人们自己。对于法国人的这番理论，也只能潇洒接受，岂敢有不同意见呢！

邮政酒店（位于阿维尼翁）。

我们点的是 Quenelle de homard。homard 是"大螯虾"，也就是龙虾。这是将虾肉压成浆做成的"虾饼"，十分美味。还有 Steak au poivre（◎胡椒牛排），很可口。淋上用鹌鹑蛋、鹅肝酱和干邑酒做成的酱汁，好吃极了。

金字塔餐厅（位于维埃纳）。

我想菜单应该是固定的。先是上来四盘不同的肉酱，然后才开始正式上主菜。

比斯老爹酒店（位于塔卢瓦尔）。

écrevisse 是一种螯虾，浸泡在白葡萄酒和洋葱熬煮的淡汤中，是道凉菜，直接用手取食。

迎着飞越湖面[1]而来的凉风，一手举起冰凉透顶的 Chablis Moutonne[2]（这款白葡萄酒的滋味妙不可言），一边享用一大盘堆成小山的螯虾，如此这般的三十分钟。

想必很羡煞人吧？

---

① 该酒店坐落于安纳西湖（Lake Annecy）东岸。
② 全称应为 Chablis Grand Cru La Moutonne，产自夏布利武当尼特级葡萄园。

我爱意大利

意大利是个美丽的国家。套句旅游指南书常用的形容词就是"风光明媚"。

一想起意大利，感觉就像是对远去夏日的回忆，总是有阳光照射其中。随时都充满了通透明亮的阳光。天空湛蓝，风一吹过，树叶便闪闪发亮。满是葡萄园、橄榄树的山丘缓缓起伏。丝柏带着"肃然"的表情，挺着黑色身影耸立其中。

家家户户都是奶油色的老旧墙壁和相连的砖红色低矮屋顶。矗立的四脚高塔会在安静的广场上投下深浓的阴影吧。肯定也能看见一身黑色装扮的老婆婆独自拄着拐杖行走在烈日之下。

而且我连意大利的城市也都非常喜欢。

看到那些戴着茶色、绿色墨镜的男士们，身穿白色、米黄色、卡其色休闲西装的男士们，将上衣脱下来挂在肩膀上的男士们，套着便鞋的男士们，用意大利式的夸张手势仿佛在讨论重要事情、就连骗小孩的玩笑话也能让其开怀大笑的家伙们，都令我感到愉快。

那间不太干净的食堂，是一个号称擅长扑克牌魔术的老爹开的。坐在葡萄藤架下吃的意大利面味道还真是不错。虽然周遭建筑物的窗口外挂满了随风翻飞的尿布，但只要料理的滋味天下一品，又夫复何求呢！

从前台人员到男服务生都一身白色制服，精神奕奕地站着工作，宛如大理石宫殿的酒店给人的感觉很好。看到有人开着难得一见的英国跑车，于是一群天真无邪的大男人立刻涌进加油站，这也很有意思。

衣着朴素的美丽女子神情肃穆地快步走过。就连高楼之间和女子擦肩而过的巷道也令人回味。穿着白红、蓝白、蓝红、红绿等各色条纹衬衫和短裤的孩子们一起骑着自行车呼啸而过，这样偏远小区的大马路也充满风情。

众耶稣与圣母玛利亚们

总之，所有的一切都很美好，尤其意大利是盛行古老教堂朝圣的国家，是到处都有名画和教堂的国家。

有着大教堂的城镇，有着圆形小教会的村庄，有着美丽钟塔的村庄，还保有圆形剧场的小镇，有着古老宫殿的城市，这样的村庄和城镇以大约车程一两个小时的距离，间隔地散落在整个意大利的美丽风土上。这难道不令人感到愉快吗？

就这样，所到之处都有名画。有壁画，有乔托（Giotto）、达·芬奇（Leonardo da Vinci）、米开朗琪罗（Michelangelo），还有拉斐尔（Raphael）、安杰利科修士（Fra Angelico）、提香（Titian）、丁托列托（Tintoretto）。那可真是个高手云集的时代呀，不是吗？

不过我最喜欢的画家并非以上所列，而是西莫内·马丁尼（Simone Martini）、皮耶罗·德拉·弗朗切斯卡（Piero della Francesca）、皮萨内洛（Pisanello）、贝利尼（Giovanni Bellini）四人。

至于为什么会喜欢这四人，其实我对于绘画完全是门外汉，我的意大利绘画论或许只是在卖弄小常识。但我个人坚信以下这一点：

我之所以喜欢这四人，是因为他们四人都能画出好的面相。

我想，对于这一时代的画家来说，能否画出好的面相堪称决定性的要素。由于当时的绘画就像叙事诗一样，首要需求便是具体的描写功力。

其次是如何利用道具诉说背后的故事，也就是如何加以可视化。这需要巨细靡遗、观察入微的想象力。

在这一点上，许多画家描绘的都是同一主题。比方说耶稣诞生、天使报喜等，比较各家画法的不同其实很有趣。以天使报喜来说，玛利亚通常会坐在椅子上，左边或右边配置跪着的天使，百合花肯定会出现在画面中的某处。基本上就是如此，但表现出来的结果却是千差万别。

有的作品背景特别空旷，有的画上了类似回廊的建筑物，有的是在房间内，还有天使翅膀的长法或是衣服装扮等区别……对了，在西莫内·马丁尼的画中，天使的衣服是类似格纹的布料，或许在当时那是最新潮的高级布料吧。

此外，有的作品还画入狗或鸟类，甚至不知为什么画了一只面对着观者而坐的奇怪虎斑猫。

而且动物也会出现在耶稣诞生的图画中列队致意。随着知识的扩展，画家让骆驼、花豹，还有长臂猿等各式各样的动物也跟着加入队伍。

出现在画里的马，早期都是侧身或是斜身站着，从某一时期起，开始加入背对观者或正面朝前的马。也就是说，在当时这就是写实的画法。

再度回到面相的问题。毕竟画中人物不是耶稣、圣人，就是英明的君主，所以连脸都画不好的画家当然是失职的。

因为面相能反映出画家的品行，因此能画出好面相的画家在道德操守方面也会是好人吧。

话又说回来，其实最难画的应该是耶稣年幼时期的脸。因为除了优美、庄严，还必须保有幼儿童稚的特色，所以想必会特别困难。当然也不会有模特的存在。所以基本上大部分的人都失败了，他们往往把幼年耶稣塑造得太过老成世故，以致显得丑恶难看。

哎呀，不对。明明是要到威尼斯买"狗鞋"的，居然把话题扯得老远。以下简单记录行程。

酒店：维罗纳（Verona）的迪托瑞酒店（Due Torri Hotel），威尼斯的格瑞提皇宫酒店（The Gritti Palace）。

餐厅：维罗纳的十二使徒（12 Apostoli），威尼斯的凤凰餐厅（Taverna La Fenice）。

横越意大利北部时，值得一看的东西太多了，若要缩减至最小限度，只能去看米兰的布雷拉美术馆（Pinacoteca di Brera）、中世纪小镇贝加莫（Bergamo）、维罗纳、圣阿纳斯塔西亚教堂（Sant'Anastasia）的皮萨内洛、维琴察（Vicenza）的帕拉第奥（Palladio）剧场①、帕多瓦（Padova）的乔托，还有整座

---

① 应指奥林匹克剧院（Teatro Olimpico），由意大利建筑师安德烈亚·帕拉第奥（Andrea Palladio）设计，1580年至1585年间建成，是世界上第一座砖石结构的室内剧院。

威尼斯城镇了。

　　购物方面则要选择古驰的手提包、波丽的狗鞋。

　　那么各位，请容我去去就来。

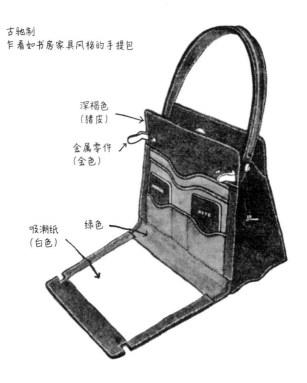

古驰制
作看如书房家具风格的手提包

深褐色
（猪皮）

金属零件
（金色）

吸潮纸
（白色）

绿色

意大利面的正确吃法

"大家吃面吃得又急又严肃。有的人用叉子铲起面条往上拉，直到垂落的面条尾端完全脱离盘子后才送进嘴里。也有人叉子不断忽上忽下，拼命将面条从盘子上往嘴里送。"

这是海明威（Ernest Hemingway）《永别了，武器》（*A Farewell to Arms*）第二章中的一段文字。[1]

我想，具有真实性、描写力和实在感、临场感的文字，指的就是这种文字吧。但我现在要强调的不是写作，而是关于意大利面条的正确卷法。

有些事情通过短时间的简单练习就能排除困难。

比方说，在强风中擦燃火柴这件事，在我们的人生中应该算是不太困难的技术了。我想每个人都有过"只剩下三根火柴，却全都被风吹灭"这种不足为外人道的记忆吧。

但我也很清楚，只要在强力电风扇前练习点上一整盒火柴后，就能完全解决这个问题。

---

[1] 本篇中引自海明威的文段转译自日文，从英文直译的上海译文出版社版《永别了，武器》（林疑今译，2019，第6页）中，此段译法如下："那天夜晚，在饭堂里吃到实心面这一道菜，人人吃得又快又认真，用叉子高高卷起面条，等到零星的面条都离开了盘子才朝下往嘴里送，不然便是不住地叉起面条用嘴巴吮。"

　　我可以用类似落语①《打哈欠指南》②的方式说明，如何用双手保护手里的火焰不被风吹灭。点燃火柴后，如果想让双手立刻圈成理想的形状围住火焰，那无非就是留意一下火柴盒该怎么拿，以及火柴棒的正确拿法和点法。

　　仅仅花十分钟练习，我就通晓了所有问题的奥妙。如今在狂风中点火柴只会带给我无比的乐趣。

　　我甚至考虑在名片上增列一项"强风下正确点火柴法评

---

① 日本的传统曲艺形式之一，与中国的单口相声相似。
② 原文为"あくび指南"，古典落语的剧目之一，别名为《练习打哈欠》。大致讲的是一人想跟老师学习打哈欠，拉着不乐意花钱学的朋友一起去。老师细致讲解设定为夏天坐船时无聊到打哈欠的言谈举止，该人跟着生硬笨拙地练习，一旁等待的朋友嫌太无聊而打起哈欠，老师称赞朋友的哈欠更为生动灵巧。

论家"之头衔。

关于意大利面该如何卷,应该也是大同小异。

意大利面当然得用右手拿起叉子卷起来吃才对。问题是,大家虽然都知道这一点,但能够完全做到的人却意外地少。

大家都成了海明威。

前面说过法国有米其林轮胎公司,大家都知道该公司出版的行车地图和旅游指南最具权威性。其中的意大利篇对于前往意大利旅游的外国人提出了有关意大利面卷法的警告,内容如下:

"吃意大利面时绝对不能使用刀子。要右手拿叉子,一次最多叉住两三根面条,慢慢卷起,卷完后送进嘴里。如果一开始叉住的量太多,卷的时候会越来越大以致难以收拾。"

即便是对欧美人士,这也是个大问题。更何况日本人还背负着一大障碍。

那就是日本人在食用面类时,认为发出稀里呼噜的声音是理所当然的。但在外国,这却是非常失礼、极度缺乏教养的行为。

所以我想对前往海外旅行的年轻人提一句忠告:千万不要让日本的老人家和意大利面关联到一起。当你的社长、专务尝试以海明威方式制造出惊人的一瞬间时,周遭顿时会陷入一片寂静,你的座位将成为全场瞩目的焦点。

原则上讲,就连发出轻微吸食的声音,也是绝对不被容许的。我们要以此为前提展开话题。

不发出声音吃意大利面其实并非难事。总之，"如何完全不发出声音"跟"如何完全卷起意大利面"有关。虽说是完全，但只要大致上能完整卷起就好，有两三根无法卷起的短面条挂在外面则是无所谓的。

接着便是开始练习。

首先，端坐在以意大利式手法煮好的意大利面前方。

面条和酱汁拌匀后，用叉子压住一部分的面条。于盘子角落留出约香烟盒大小的空间作为专门卷面条用的地方。此乃诀窍之一。

为卷起面条留出空间。

有的意大利面条一根就长达五十厘米，所以叉子上只需挂住两三根即可。如果是日式那种切碎的面条则可叉起七八根吧。

接下来很重要，先将叉子轻轻抵住盘子，然后按顺时针方向静静地转动。

在四根叉齿卷起面条前，千万不要举高叉子离开盘子。此乃诀窍之二。

一旦叉子前端脱离盘子，继续转动之际，原本没被叉住的面条也会跟着缠上来，只见整盘面条最后都揪成一团。只要发觉失败了，就得重新来过才行。

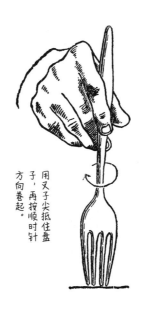

用叉子尖抵住盘子，再按顺时针方向卷起。

也可以用左手拿起勺子，将面条移入勺子凹面再卷起。只是这种方法并不正统，不过我看也有意大利人这样做，倒也不算违规吧。用这种方式比较容易卷起面条，原理同样也是叉子前端不能离开勺子。

好了。现在你已经能够将意大利面卷成完美的纺锤状，给人一种几乎是艺术的愉悦感受。

你静静地将该艺术品送进嘴里，不发出声音地品味着。

接着，且让我们再继续读海明威的下文吧。

"吃面的同时，大家从干草包裹的大酒瓶里倒红酒来喝。

"酒瓶斜靠在铁架摇篮上，拿着酒杯的手用食指钩住瓶颈一拉，只见颜色亮红、带点涩味、香醇可口的红酒便流进杯子里。"[1]

---

[1] 上海译文出版社版《永别了，武器》（林疑今译，2019，第6页）中，此段译法如下："吃面的时候，我们还从用干草盖好的加仑大酒瓶里斟酒喝；酒瓶就挂在一个铁架子上，你用食指一扳下酒瓶的脖子，又清又红的带单宁酸味的美酒便流进你用同一只手所拿的杯子里。"

又是巴黎

来自大江健三郎的书信。

明年六月小孩即将出生。他问我名字取作户祭如何？和姓氏连起来就成了大江户祭[①]。好个没正经的男人。

我也马上要成为麹町[②]的舅舅了，但我个人还是希望出生的是个外甥女。

我也想效仿法国诗人马拉美（Stéphane Mallarmé），为了送外甥女小马和帆船，努力工作一个夏天。

[①] "大江户"为东京的旧时美称，"祭"指祭典、节庆。
[②] 麹町，地名，位于日本东京都千代田区。伊丹十三与川喜多和子结婚后，新居就安在麹町东和公司的员工住宅。

轻忽一时，危害一生

法国的法律规定乘坐轻骑摩托或单车后座时，不得侧坐。仔细想想，英国和意大利或许也是一样，因为乘轻骑摩托的妇女都是采取跨坐姿势。

我觉得这是一个很好的规定。

在日本开车到乡下兜风时，不是经常会看到一家三口乘同一辆摩托车的画面吗？

父亲骑车，母亲背着用褓褓包裹的婴儿侧坐在后面。母亲手上还提着一个黑色大塑料包，看起来并没有紧紧抓住父亲的身体。

为什么母亲不跨坐呢？是觉得难为情吗？还是担心被左邻右舍或婆婆说三道四呢？如果真是如此，这位母亲可是出于怕丢脸和无谓的顾虑，而甘心让自己小孩的生命陷入危险之中了啊。

万一不小心母子同被摔下车，母亲整个人仰躺着落地，小婴儿岂不是有一半以上的概率必死无疑吗？别说这种事一百万次顶多只可能发生一次，就算一百万次发生一次，一旦遇到了，概率也跟百分之百没有两样。

这根本是粗心大意到了极点，甚至可说是犯罪行为吧？

日本人对于危险实在过于轻忽随便，可能是因为太缺乏想象力了吧。

我以司机的身份发言，我深深感到车子是很可怕的东西。有人说车子是凶器，我完全认同。

比方说，下雨的夜路上，我们几乎要在什么都看不到的情况下开车。前方来车的车灯照在柏油路上产生亮点。有时会感觉到有些阴影掠过亮点，原来是路上行人或自行车经过。

跟对向来车交错时，由于对方的车前灯灯光会从我们眼睛的高度通过，所以眼前闪闪发亮的两个白色光源逐渐靠近后，世界瞬间变成漆黑一片。

说是瞬间，其实车子应该已跑出了几十米远吧。而且通常司机在会车时，会本能地留意对方来车的动向，而不会凝视道路前方的黑暗。就算睁大眼睛要看也看不见任何东西。或许有人会问：那不是很危险吗？的确非常危险。既然危险，只要踩刹车不就好了吗？问题就在于，大家绝对不会踩刹车。我也不知道原因何在，反正从没见过有人在每次会车时踩刹车的。

所以在那个黑暗的瞬间，如果有三个人并肩走在马路上会怎样呢？因为司机完全看不见，所以他们自然不会避开，就直接撞上去了。

以为在明亮的车前灯照射下可以被看见，以为看得见当然就会减速——这种想法，我希望大家能当场转变。

我经常在夜晚的高速路上看见故意敞开夏威夷衫、露出高高卷起的内衣，而且不知为什么肯定会穿着拖鞋的年轻小伙子，他们无视于往来车辆，三五成群地穿越马路。

他们大概心里想着，我们这些爷们儿要过马路，司机们只要看见我们就应该减速慢行才对。当然，他们可能也盘算过，在旁人眼中这是相当危险的举动吧。

我不是在开玩笑，这真的是很危险的行为。就结果而论，他们真的是在玩儿命，只是自己并不知道罢了。

行驶在没有路灯的夜路上时，只有对方来到眼前了，才能确认前方有行人。万一此时司机因为调整收音机或试图点烟或和情人四目相接而没有留神，那将是什么下场？

你们就算再怎么耀武扬威、大摇大摆地走向汽车，终究也只是一介肉身吧？

另外，自行车也很危险。真的很危险。我从没见自行车后面的红色反光板亮过。

所以说车祸是必然会发生的。偏偏大家在事故发生前都觉得不会出事。于是，没有人为了避免发生车祸而小心驾驶，大家一心只为了抵达目的地而奔驰。因为过去以这种方式驾驶都没事，出于这种安心感，大家也就养成了对危险容许度相当高的开车态度。

事实上大家没有意识到，在这之前并非全都安全无事，只不过是运气比较好罢了。

总之，千万别完全信任开车的人，而要想象那是一辆无人驾驶的车。因为不管什么车,都有可能陷入和无人驾驶相同的状态,车祸总发生在那一瞬间。

这跟开车技术好坏没有关系。比方说,一个总是安全驾驶的人被别人以低级、粗暴的方式超车后,一时之间分了心而撞上行人,从结果上看,这车跟无人驾驶又有什么两样呢?

为了闪避突然冒出来的汽车而紧急踩刹车,造成车子打滑撞倒行人,岂不也等于是无人驾驶的车吗?

因此,只要将所有汽车都设定成是无人驾驶的,就不难理解为何会有人骑着没有尾灯的自行车走夜路,为何会有人三三两两并肩走在没有人行道的车道上,横越马路一半、站在安全岛附近等待对向来车的空当儿(继续过马路)等近乎疯狂的行径。

日本番茄

我吃过"日本番茄"（Japanese tomato）。

那是在马德里郊外的一个夏日。我应邀去波兰制片人的别墅，在宽阔草坪上葫芦形状的游泳池里玩水，跟优雅美丽的白色阿富汗犬嬉戏，度过无所事事的休闲时光。过程中，我们饮用鸡尾酒时就是佐以"日本番茄"。

这个名字的意思并不是指直接从日本进口，而是因为这种番茄的个头儿很小，大约只有一颗蛋黄的大小吧。

这些番茄是该波兰人在自己的小农场种的。西班牙夏日的炽烈阳光孕育出如金色小球般美味可口的番茄。

之后在马德里的"赛马俱乐部"（Jockey Club）餐厅，我也看到餐桌上有这种番茄。因为该餐厅在马德里属于顶级水准，想来"日本番茄"也算是相当讲究的下酒菜吧。

话说回来，大家不觉得日本的番茄有一年年越来越难吃的倾向吗？

以前的番茄，就是我小时候吃的番茄，根本不像现在的番茄那样，红得像是染过色一般，而是到了一定时节会直接从田里摘取的黄色或绿色的番茄。摘回来后浸泡在井水中，或是将水龙头开着，让番茄漂浮在水中冷却。以前的番茄皮很厚，蒂头附近也一定会有呈放射线状的沟槽。

啊，那滋味光是回想起来就觉得好吃极了。在身体仿佛都被夏日树林渲染成绿色的光影中，抓起一整颗番茄放进嘴里大快朵颐。

问题是，在东京吃到的番茄，究竟算什么呢？颜色像是加了食用色素，吃起来却没有味道和香气。而且还放冰箱里冷藏过，要躲在冷气房里吃。这样岂不是对番茄太过失礼了？

我不禁如是想。

常听人说外国的食物大多难吃，也的确如此。

小黄瓜、茄子、葱、萝卜等都是。也就是说，对日本人而言，那些具有既定日本印象的东西的确滋味不行。

尤其是小黄瓜，个头大到一尺（约30厘米）、两尺的都有，表皮还长得跟西瓜一样滑溜有光泽，颜色也是深绿色。瓜肉的种子太多，水分也太多。只能说这的确也算是一种瓜类吧。

至于茄子，则长得跟小啤酒瓶一样粗大。这种茄子烤来吃，两片就能填饱肚子。

不同于"日本番茄"，有时丰富的日晒反而有损于作物。像是希腊的葡萄就甜得难以入口。

印象中山梨县有类似糖渍葡萄的名产，希腊的葡萄就是那种甜度。就仿佛经过强烈日光的熬煮一般，甜度真不是盖的。

烟熏鲑鱼

那么存在于欧洲的日本味觉会是什么呢？也就是说，百分之百运用食材本身的美味制作出来的佳肴是什么样的呢？

首先，英国有 Smoked salmon。Smoked salmon 就是烟熏过的鲑鱼，但跟熏烤乌贼（俗称橡皮筋）、花生米等一起送上桌的下酒菜不一样。

那是经过长时间低温烟熏的料理，算是冷熏鲑鱼。

这里说的"烟熏鲑鱼"，是将苏格兰鲑鱼于短时间内用特定的硬木屑高温烟熏，口感有如生鱼片般柔嫩。

挤点柠檬汁，搭配水芥色拉，再切上一小块奶油全麦三明治也不错。因为价格不菲，一千日元买到的分量一口气就能吃光。不过品质好坏因店家而异。据我所知，伦敦伯克利广场（Berkeley Square）附近的戴维斯街（Davies Street）蔬果行，质量就一向很稳定。

在伦敦也能买到切片的鲑鱼回家做盐煎鲑鱼。

只要撒些盐在鱼肉上面静置一晚，油煎过后吃起来就很有日本的味道。

但是鱼皮不能吃，因为吃起来淡而无味。在法国和意大利，每次看到菜单上的"香煎鲑鱼"我都会忍不住点来吃，但从来没遇到过好吃的鱼皮。

三船敏郎的沙丁鱼片

　　到国外的人是如何解决吃饭问题的呢？吃西餐。以面包取代米饭，以咖啡或红茶取代日本茶。但不知他们抱着怎样的心情？能够忍受得了吗？或许意外的是，他们根本不当一回事？答案因人而异，没有定论。因为我出国前跑去筑地吃了最后一顿寿司才上飞机，旅居欧洲期间的生活步调很快，也富于变化，所以连续三四个月吃西餐也不成问题。

　　而且因为有时不旅行，在城市里租公寓住时可自炊，所以基本想吃什么都吃得到。比方说，我觉得西班牙的巴伦西亚米（Valencia rice）比任何品种的日本米都要好吃，而且在巴黎也能买到龟甲万酱油。还有黑皮大芜菁的味道跟萝卜差不多。葱、茄子、魔芋丝、素面等食物也都有。我曾经买了沙丁鱼排列在阳台上晒成鱼干。总之，我们夫妻两人在欧洲半年的时间里经常吃着日式凉面、寿喜烧锅、天妇罗、亲子盖饭、咖喱饭、炸猪排等菜式，偶尔还会买四合（约650毫升）约千元日币的白鹤清酒回家小酌。

　　尽管已经那么努力去填补了，但还是有很多的不满。每当朋友聚在一起时，总是会聊到食物的话题。总是提起味噌汤、茶泡饭、酱菜、鱼、蔬菜、饭团。大家嚷着好想吃白菜、豆腐应该也可以自己在家做吧、好想吃寿司……对了，我还想到了金枪鱼生鱼片。荞麦面也好好吃，有盛在竹筛上和漆器盘子里的，还有淋上山药泥的。对了，现在当季的茼蒿应该很好吃吧，可以放进寿喜烧锅里。还有芹菜也不错。你们家煮寿喜烧锅会放芹菜吗？从来都没放过芹菜，倒是放过年糕。味道还真是好吃，可惜年糕吃多了会胖……大家就这样热情洋溢地彻夜闲聊着。

有一次，我住宿在威尼斯丽都岛的超豪华酒店里。三船敏郎先生深夜带着一瓶尊尼获加（Johnnie Walker）威士忌和不知从哪里找来的三片沙丁鱼片[①]，突然现身在我们的房间里。问题是我们没有烘烤鱼片的用具，而且三更半夜叫服务生过来帮忙烘烤其从来没见过的鱼片，未免也太丢人现眼了。

结果是三船先生将纸巾捻成纸条点燃，直接在上面烤起了鱼片。好一幅奇妙的光景吧。夏日将尽的威尼斯深夜，在丽都岛高级酒店的一间客房里，舒洁（Kleenex）纸巾静静地燃放出橘色火光，整个房间里弥漫着一股香味。就这样，伟大的三船先生和几个日本人用烟熏味的鱼片当小菜，搭配着饮用尊尼获加。在那种有点豪华又有些凄凉的扭结心情中，我深深感到，我们真是来到了遥远的异地。

---

① 本节沙丁鱼片的原文为"タタミイワシ"，汉字可写作"畳鰯"，另有"榻榻米沙丁鱼"的译法。指将片口鰯（日本鳀鱼，沙丁鱼之一种）的幼鱼晒干，加工成海苔片式的网状薄片（也有说形似榻榻米），食用时轻轻用火烤着吃。

帝王蟹

马德里的"奥加尔·加列戈"（Ogal Gallego）餐厅提供的帝王蟹（king crab）是一种体型很大的螃蟹。如此巨大的螃蟹，在日本也很少见。

当然不可能附上柚子醋、酱油等日式调味料，就只是简单加些盐汆烫一下而已，但已经好吃得不得了了，蟹螯肉尤为美味。强力推荐给十一月到五月之间计划造访马德里的朋友们。

法国最具日本风味的食物绝对要算是生吃的牡蛎、蛤蜊和海胆吧。挤点柠檬汁吃，也有人会加一点塔巴斯科辣椒酱。

那味道跟日本的醋泡牡蛎完全不同。首先它们的个头儿比较小颗，滋味也确实纤细许多。搭配像是偏辣的"西万尼"（Silvaner）白葡萄酒更有提味的效果。

日本人到巴黎常住"加州"（California）酒店。

我对这里的料理不予置评，但调酒师却是一流。尤其他所调制的"干马丁尼"被誉为巴黎之最。

在大调酒杯中装满冰块，倒入一点苦艾酒和较多的金酒，然后再用冰镇过的杯子盛装即可。

据说有很多客人在晚餐前专程来此点该酒喝。这是一家纯粹以干马丁尼出名的奇妙酒店。

巴黎最好的意大利菜餐厅是"翡冷翠"（Firenze）。尤其是 Carbonara 意大利面（加了培根、鸡蛋和黑胡椒）和米兰炸牛排（Cotoletta alla milanese）以美味闻名。原本 Carbonara 是不入流的小吃，类似摊贩卖的食物，在罗马得到对岸的破餐馆才吃得到。结果到了巴黎吃，四人份居然卖到两万日元。当然好吃是没话说，但感觉就像是豆腐皮荞麦面加炸猪排，一盘卖五千日元，不是很离谱吗？

滚球游戏和烤肉

我曾经在南法戈尔德（Gordes）的别墅住过一阵子。绵延无尽的平缓山丘上种满了橄榄树，视野一片荒凉。

也就是说，橄榄树的叶子一点也不翠绿，颜色就像是褪了色的马口铁一样。所以当橄榄树覆盖了整座山丘时，自然感觉很荒凉。

这幢别墅就位于橄榄树山丘的暖阳之下。

屋主是爱打日本花牌①的影评人，他自称"全英八八花牌爱好者联盟会长"，可是这个"联盟"根本连一个会员也没有。

刚开始学时，要记住规则如场牌叫作 moon、粕牌是 playing card、结束牌局喊 annihilation 等很困难，如今什么立三本、小野道风②等花牌用语全都朗朗上口。不管在伦敦还是戈尔德，他都经常熬夜玩花牌。

南法村民的娱乐是名为 Pétanque 的滚球游戏，在外人眼中，这是种单纯的可怜游戏。每人各拿两颗或四颗铁球，球

---

① 原文为"花札"，是日本的纸牌游戏，牌面为四组代表十二个月份的花草图案，共计四十八张。"八八"是最流行的玩法。——译注
② 花牌中代表十一月的雨牌中的光牌，牌面上画的是撑伞的人、蜻蜓溪水、树和青蛙，撑伞者即日本书法家小野道风，该牌也被称为"柳间小野道风"。

的大小跟棒球差不多。

最先上场的玩家丢出一颗名叫"cochonnet"的木制小球，规定得落在六米到十五米之间的范围。其他人以此为目标依序投出铁球，最靠近目标球的人获胜。

假设你的球最靠近目标球，我是第二，那你就得一分。

假设你的A球最靠近，你的B球第二、C球第三，我的球排第四，那你就得三分。

以这种方式累计分数，最先达到十五分的人便是赢家，一回合比赛也就到此结束。正因为是如此单纯朴实的游戏，反而更需要复杂的策略和高超的技巧，所以"球趣无穷"。

我现在已从法国带回了一套四人用的滚球游戏道具，并自称为"全日本滚球爱好者联盟会长"。

旅居戈尔德，白天的乐趣是玩滚球，晚上的乐趣是玩八八花牌。直到暮色将至，快看不清滚球位置时，我们就开始捡拾橄榄树枝，供作庭园角落石头炉灶的燃料。

因为今天刚好买到不错的里脊肉，所以打算烤来吃。

你应该也知道吧？没有比用橄榄树枯枝烤的里脊肉更好吃的烤肉了。

平缓的橄榄园山丘上，夜雾即将弥漫开来，相隔甚远的邻家别墅灯火已然亮起。富含油脂的橄榄树枯枝爆出了火花。跟我们变得亲近的野狗"Dog"也乖乖坐在三尺后方等候。

大家都默默地看着炉火。

肉不就是要像这样烤来吃才够味吗？

牛奶世纪

有种饮品叫奶昔（milk shake），听起来不觉得很悲哀吗？至于那种叫布丁（pudding）的食物就更可悲了。我们上上一辈的祖先们将 milk shake 的发音记成 milk seiki、将 pudding 听成 purin，结果流传至今，任何菜单上都堂而皇之地印出如此名称，难道不可悲吗？

类似的还有宣传照是 puromaido[①]，海滩阳伞（beach parasol）说成 beachi parasoru[②] 等。白衬衫（white shirt）说成 why shirt[③] 也是一例，最近甚至还干脆写成"Y shirt"，大家不知做何感想？

森鸥外的小说『ヰタ・セクスアリス』[④] 应是『ヴィタ・セクスアリス』之误吧？又或者当时有将"ヰ"[⑤] 读成"ヴィ"（vi）的习惯？

如此说来，契诃夫的作品是该叫《wan 尼亚舅舅》还是《van 尼亚舅舅》呢？"福斯 va 根"（Volkswagen，即大众汽车）

---

① 原文为"プロマイド"，指演员、人气歌手或体育明星等的肖像照片，应由"ブロマイド"（bromide）而来，后者原指作为照相感光剂的溴化物，也有肖像照、印相纸之意。
② 原文为"ビーチ・パラソル"。
③ 原文为"ワイシャツ"。
④ 罗马字为 Wita Sekusuarisu，指拉丁文 Vita Sexualis，中译名为《情欲生活》或《性欲的生活》。
⑤ 日语古片假名，位于五十音图的ワ行イ段，罗马字为 i 或 wi，现多用"ウィ"（wi）代替。

被写成"福斯 wa 根";"va 格纳"（Wagner，即音乐家瓦格纳）变成"wa 格纳"。于是大家也就都跟着发成"wa 根""wa 格纳"的音了。[①]

日本人一向对外国语的辅音发音很迟钝。迟钝的程度也能从外来语的发音显示出来。

奶昔跟"牛奶世纪"[②]谐音，因为布丁会噗灵灵地颤，所以叫作 purin[③]。年轻人搞不好会认为以前的人还蛮有创造新词的天分（sense）呢。

文部省似乎还嫌这样不够迟钝，竟推波助澜地突然发出公告，规定将"ヴィ"（vi）的发音一律改写成"ビ"（bi）。

于是『ヰタ・セクスアリス』的新书名改为『イタ・セクスアリス』[④]，而原本已将"ヰ"解读为"ヴィ"的出版社则将书名改为『ビタ・セクスアリス』。

某女性杂志刊登了威尼斯（Venice，ヴェニス）的照片。当然图注部分得写成"ベニス"（罗马字 benisu）才行。问题是，这杂志又刻意将"ベニス"翻译成意大利文，用哥特体印上了 BENEZIA 几个大字，请问你看了做何感想？

---

① 此段辨析读音的词，原文均为片假名。Volkswagen、Wagner 均为德语，字母 w 的音标为 [v]，为声带振动的浊辅音。

② 原文为"ミルク世纪"，罗马字为 mirukuseiki。

③ プリン（purin）在日语中是颤悠悠的拟态词。——译注

④ 如前所注，ヰ的发音有两种，此处取イ（i）音。

STEREOONIC

日文有所谓的プレハブ（prefab）住宅，但我始终不知道 prefab 是什么。也难怪我不知道，原来是 prefabrication（◎预制组装屋）的意思。

要是把 film（◎胶片）说成 hilm，把 fan（◎粉丝）说成 pan，我当然会听不懂了。要不干脆把 stereophonic（◎立体声）说成 stereoonic 算了。

但有时候，日文发音又特别忠于原音。例如 "hit and run"（◎肇事逃逸），还有 "two and two"（◎成双成对）也是，就是 "and"（◎和）这个词发音发得特别清楚突出，显得可笑。还有 "knock out"（◎击倒），近来会发成 "knack out"，这个发音在主播之间似乎很流行。

坐在酒店的吧台前喝酒时，服务生走过来跟调酒师点酒。服务生们会将客人点的 "Scotch and water"（◎兑水威士忌）以 "Scatch warer，一杯" 的说法进行传达。

他们大概是觉得用美式含混不清的发音方式说话听起来比较专业吧。

日本航班的机上广播也是一样。空乘得意扬扬地用英文数着"twenty-seven"（27）、"forty-five"（45）^①，简直让人不寒而栗。

照这样看来，真令人担心日后要是生小孩，子女怕不是要喊自己"daddy""mommy"（◎爸爸、妈妈）了。

还有就是，任何东西都要简写才肯罢休。remote control（◎遥控器）说成 remocon，mass communication（◎大众传媒）是masscomi。

有个名叫田中路子的人，她在国外不知已是二十年还是三十年之久，最近打算回日本办退出演艺圈等活动。

结果在筹备过程中跟很多人见面，大家都异口同声提到自己受到 masscomi 的影响云云。

比如"那么做，小心 masscomi 会很啰唆""一旦闹上masscomi，谁都会完蛋""只要搭上 masscomi，之后就好办了""趁着 masscomi 对你还有兴趣，借机宣传一下吧"之类的。

"这个 masscomi 到底是何方神圣呀？"

我能理解她终于受不了而开口问人的心情，她可能以为这个 masscomi 是个十分有影响力的大人物吧。

---

① 原文此处两个数字的英文用片假名拼写，有明显的日式英文发音特点。

一路走来二十年

英语的发音很难。尤其是"r"和"l"①的区别不易。我若是搞不清楚，怕是没有人真心想读这篇文章吧。

每个人都知道"r"和"l"的区别。发"l"的音时，舌头要平贴在上颚的牙齿后面。发"r"的音时，舌头要往后卷。然后舌头回到正常位置时发出来的音就是"r"和"l"。这是大家都"知道"的事。

问题是（此时我很想提高音量），人们一旦以为自己理解了方法时，往往会陷入已然学会的错觉当中。

眼前的我就是其中一人。

仔细回想起来，我从1944年开始学习英语，那是我读小学五年级的时候。因为日本战败是在1945年，我算是少数在战时学习英语的小学生吧。

我们班是所谓的特别科学教育班，那是日本军方为培育未来的科学家而编组的英才教育班级，汤川秀树、贝冢茂树②等名人的儿子是我同学（好个百年树人的计划）。

我之所以能够混入这样的班级，实在是因为一个滑稽的

---

① 本节中r对应的原文为"アール"（罗马字aaru），l对应的原文为"エル"（罗马字eru）。

② 汤川秀树（1907—1981），日本首位获得诺贝尔奖的物理学者。贝冢茂树（1904—1987），日本的中国古代史学者。两人为兄弟关系。

错误。因为不知怎的，我就是特别爱学英语，以至于英文成绩名列前茅。

我想说的是，从那之后英文就成了我最擅长的科目，如今客观性地回顾，我的发音竟比所有老师都好。

就是那样的一个我，终于到了今年才学会如何明确区别"r"和"l"的发音方法，岂不令人瞠目结舌？

学习英语二十年，这期间到国外旅行五次、出演外国电影三次，才总算学会"r"和"l"的正确发音。

而且是在某天跟英国朋友进行了三十分钟的特训后，突然间就能流利说出"r"和"l"的不同了。

也就是说，我在过去的二十年里从来都没有正视过这个问题，这是不对的。

可以说直到我第一次实际开始使用英语为止，我都误以为自己能够正确发出"r"和"l"，所以对此问题毫不关心。

于是，在开始使用英语后，我虽然觉得"r"和"l"的发音很难，但心想反正也能跟对方沟通，也就少了认真对待它的心情。

因此，我想大声疾呼，首先各位的"r"和"l"的发音完全不对。所以请尽快产生自觉，然后去找个货真价实的英国人彻底加以矫正。

还有其他问题。话题稍微换个方向 —— 如何听出"r"和"l"的发音其实更加困难。悲哀的是，我向来都听不出来英国人口中的"r"是"r"的发音。总觉得太过顺滑，分辨不出跟"l"的差别。

先申明一点，我可不是重听（听觉不灵敏），也还基本具备些音乐方面的才能。也就是说，我有时也会弹奏乐器。

比方说吉他吧，像是《阿尔罕布拉宫的回忆》《传奇曲》《阿拉伯风格绮想曲》等演奏会上的经典乐曲，我都能从头到尾弹完。

或是以小提琴来说吧，名师所罗门曾被学生乔治三世问"学生是否有所进步呢?"，他回答：

"拉小提琴的人可大致分为三个阶段。完全不会拉的人、拉得很拙劣的人和很会拉的人三种。以殿下的情况而言，已经进步到第二阶段了。"

我也属于第二阶段。

可是听力如此之好的我，却还是无法听分明"r"和"l"的不同。

写到这里，相信各位已经了解英语的发音有多困难，接下来要列举出日本人容易犯的通病。

元音

先从元音开始吧。

英语的元音有很多是介于中间的发音。

比方说"Hot Dock"，其中"o"的发音就介于"hot dog"和"hat dug"之间。

yes、no 的"no"发音介于"nou"和"neu"之间。

kiss 或 lips 的"i"发音介于"kiss"和"kess"，"lips"和"leps"之间。

还是这个"i"的发音，干酪 cheese 就跟纯粹的"i"发音不同。

cat、rat 的"a"介于"cat"和"cet"，"rat"和"ret"之间。

即便是英语说得很好的日本人，也几乎无法完全正确发出这种介于中间的元音。我想这应该算是盲点之一。

要想学好元音，可以试着将每一个元音拉长吟诵，就像托钵的和尚一样。

"o——"

能拉多长就拉多长。

就这样一直拉长，就算任何时刻有人开门走进来，也能清楚分辨出：啊，这是"o"的发音，或者，这是介于"o"和"a"之间的发音。绝对不能一开始是"o"的发音，结果越到结束时就越靠近"u"的发音。

为达成目的，我为大家列出包含了英语大部分元音的句子。

Who knows aught of art must earn and then take his ease.[1]

这个句子包含了十二个元音及复合元音。分别是：

"u""ou×ɑu""o""o×a""æ""a""a⌢""a×e""e""ɛ""i×e""ɛ"。"×"代表介于中间，"⌢"则是加了"r"的长元音。

我们必须拉长每个元音，如吟诵般念出这个句子。总之请试着念一次，你会发觉这比想象的要困难许多。

who 要注意嘴巴是否完全撅起来，发出纯粹的"u"音？有无掺杂了"o"的音？ knows 介于"nouz"和"neuz"之间。of 介于"obu"和"abu"之间。and 介于"and"和"end"之间。his 介于"hizu"和"hezu"之间。读 ease 时的嘴巴是否有往两边拉开……这些都是需要反省的重点。

结果最难的是"e×i"和"i"的区别，还有"o×a"。要想克服这个问题，我建议大家反复练习以下例句。

He got it to fit his bottle. (◎他让它与瓶子相称。)

You may see it, you may hear it, you may even feel it, but please don't eat it. (◎你可能会看到它，听到它，甚至感觉到它，但请不要吃它。)

---

[1] 这句话的更完整版可能是"Who would know aught of art must learn, act, and then take his ease"（谁会想到任何技艺都得学习、实操，而后随性挥洒），这个句子不仅包含 14 个元音，而且元音的发音也具有特定顺序。

He filled this wee pond with a complete sea.（◎他用一片完整的海填满了这个小池塘。）

即便是像"it""is""of"这样简单的单词，想读准确都已十分困难，不花一点功夫是无法攻克难关的。

辅音

接下来还有辅音的问题。

首先要聊的是"r"。其实关于"r"有一帖有名的特效药，虽然不知道在语音学上是否得到实证，但根据多数过来人的经验之谈，通过这个方法确实能发出足以让英国人认同的"r"。这个方法是在发出"r"之前，先想象一个虚构的、不出声的"w"。

于是就像要发出"w"地噘起嘴唇，之后再发出"r"的音。例如要说 run 时，试着发出 wrun 的音，但是这个"w"千万不能发出声，只需噘起嘴巴即可。

虽然这个方法很有效，可是仔细观察英国人发出"r"的音时，他们绝对没有事先噘起嘴巴，所以这种发音方式估计是错的吧。总之就先记下来以图方便。

至于说到"r"以外的辅音，凡是出现在单词词尾的有声辅音都很难。每一个单独发音都不成问题，放在词尾就变得麻烦了。光是这样说大家也许听不懂，以下举一例句。

I will pull several bales of rice right up the hill for my salary. （◎为了挣工资，我会把几包大米直接拉到山上。）

问题是"I will pull"的部分总说不好，会变成"I wiu pu"。你是否也有同样的困扰？

这在英国人听来就像是有些下流的北部方言一样。

232

为了让最后的辅音能清楚发出来，可在最后的辅音后面加上一个轻微的"a"音，有助于练习强调该辅音。

也就是说，要慢慢读成：

"I willa pulla severala balesa ofa …"

如此练习之后，再试着以正常方式朗读英语书籍，应该就能体会到自己过去有多么不重视词尾的辅音了。

以上大致举出了日本人发音上的盲点。就我所知，哪怕是英语很好的人多多少少也会有以上的缺点，甚至一应俱全。

原因在于，这些缺点很难自觉发现，也几乎不会有人当面指摘吧。总之，日本人也到了该开始学习"能说的"英语的时候了，对吧？

I am a boy

据说在明治时代，文部省刚踏出英语教育的第一步时，教育者的意见就有了分歧。比方说：

I am a boy.

这句话可分为直接以英语发音并将语意翻译成"我是少年"的英文派；还有将句子分解成"I"等于"吾"，"boy"直接等于"少年"，加上读音顺序颠倒符号，还需标注送假名 [①] 的汉文派。

也就是说，根据汉文派的方法，这句英文就得写成：

I am^ニ boy^リ^一。

又是顺序颠倒符号，又是标注送假名，句子当场就会被念成"吾乃少年"的日本语。

如此惊人的理论幸亏被常识性的英文派给打败，然而其基本理念，亦即儒教的训诂学式精神成为贯穿日本英语教育的基本主干，至今依然好生存活着。

请容我一再重提。所谓语言，首先要能理解对方说的话，

---

① 送假名（送り仮名），此处指为了帮助汉字的训读，在原本竖排汉字的右下方添加的小假名。

也就是说，学习语言的第一要义在于传达、交流彼此的心意。那种学者式故步自封的守旧主义早该抛弃了，不该把学习英语和珠算、开车等轻松地混为一谈。

而且学习的重点也不该放在文法和读写能力上，而应该放在那些结构完整的日常惯用句上。比方说，先不管三七二十一地把"这要多少钱""请问贵庚"等句子背熟三百句，应该就能达到小学高年级的程度了。

近来教学录音带、唱片等十分发达，很多人通过这些方法学习语音。我觉得很好，但如果最后仍要提出一句忠告的话，我希望大家在使用录音带或唱片练习会话时，一定要找个人当对手，看着对方的眼睛说话。找不到人，家里养的猫也行，或是对着镜中的自己，或是跟想象中的对手进行交谈也无妨。

总之，就是得想办法让自己不要陷入自言自语的境地。如此一来，日后实际派上用场时，你就能体会到如此学习的效果之大出乎意料。是以我才不怕僭越做此建议。

对古典音乐的自卑感 [1]

我感觉自己不懂音乐的情况持续了很久。那是从小学升上中学的过渡时期，也是读了《暗夜行路》《齿轮》[2] 等小说，人生首度产生衷心感动的时期。

当年的我似乎认为病态是身为艺术家的重要特质。朋友之中，有人很喜欢将"自我意识太强"的帽子扣在别人头上，也有人一门心思都在"探讨"着"死亡"这件事。

大家始终一副晦暗的表情。所以我对自己没什么可烦恼的事而感到羞愧，觉得朋友们都是优秀的艺术家。

尤其是，他们对于音乐也有深刻的理解。有的人会弹钢琴或风琴，不会弹奏乐器的人则会随时带着乐谱，经常翻阅。

是的，我要在此昭告天下：我对音乐一窍不通。那感觉就跟今日的女孩们嚷着"我一听到古典音乐就头痛"是一样的。

所以对我而言，跟朋友之间的交际往来很痛苦。先是好几个小时和朋友们一起听着不知所云的音乐。接下来吃白菜猪肉火锅的时候，朋友们还要继续就肖邦的叙事曲（ballade）

---

① 此处"自卑感"的原文为"コンプレックス"（complex），在日语中可特别用于指自卑情结（inferiority complex）、劣等感。

② 《暗夜行路》，志贺直哉的长篇小说。《齿轮》，芥川龙之介自杀前遗作。——译注

进行讨论。等到火锅里的菜吃完了，最后要放进乌冬面收尾时，话题又转到了贝多芬晚期的弦乐四重奏。直到夜色已深，乌冬面也吃得一干二净时，大家还要一边啃着柿饼一边吐露对莫扎特的醉心感受。

"一个音乐家的素养程度可从他跟莫扎特的关系看出来。没到一定年纪是无法理解莫扎特的，此乃众所周知的事实。年轻人觉得莫扎特单纯、单调、冗长。只有经过人生风浪洗礼的人，才能理解单纯的崇高要素和灵感的直接性。"［《卡尔·弗莱什（Carl Flesch）小提琴演奏法 4》，佐佐木庸一译，创元社出版］

所以说，就中小学生而言，朋友们的音乐素养肯定超乎寻常的老成。

至于我嘛，根本是毫无置喙的余地。也就是说，当朋友们在碰撞彼此的艺术理论时，我也就只能拼命吃着猪肉、乌冬面和柿饼了，不是吗？

连我都觉得这真是太不雅了，实在缺乏教养。

没错，如今我已是成熟的大男人了，但看到会弹钢琴的人就会产生一股惆怅、憧憬的心情。心想对方应该出身不错，应该不知道音乐方面的自卑感是怎样的低贱感受。

近年来，这种音乐方面的自卑感似乎已能轻易解决。由于爵士乐的崛起，人们觉得不懂古典音乐似乎也不是那么丢脸的事。

一个直到两三天前还在巴赫迷面前低声下气的家伙，突然摇身变成"马克斯·罗奇（Max Roach）[①] 通"，而后让大家刮目相看。轻轻松松地就把过去的自卑感解除了，同时也解除了对古典音乐的敬畏之心，真不知是否值得庆贺？

然而还有程度等而下之的人们，也就是连自卑感都谈不上的人们。

这样的人动不动就大喊："什么古典音乐嘛！那种东西行不通的啦！"

真是受不了这种人。

归根结底，其实犯不着跟那种随便使用"行得通""行不通"来全盘否定掉巴赫、莫扎特、贝多芬的人置气。因为该被否定掉的是她们的脑袋瓜子。

这种人的脑袋瓜子里装的都是糨糊。我认为人生中不懂得对优异事物心生"敬畏"的人，不管让他做什么都将一事无成。就算是别人擅长的炒饭，吃进他嘴里也肯定难吃。

话说到哪儿了，还是回到音乐方面的自卑感这个话题上吧。

根据我个人的经验，要想解除这种自卑感，也就是直到

----

① 全名为 Maxwell Lemuel Roach，美国爵士乐鼓手和作曲家，通常被认为是音乐史上最重要的鼓手之一。

原则上能理解音乐之前，可分为三个阶段。

第一阶段：音乐不再是无意义、冗长的精神压迫，它开始展现出优美、愉悦的姿态。

第二阶段：听得出演奏的好坏。进入此阶段后，开始拥有关于古今大作曲家、东西方演奏名家的渊博知识，对乐理产生兴趣但仍不会读谱。

第三阶段：学习乐器，从而学会读谱。

我想大致上就是这样。

第一阶段。

为了了解欣赏音乐的喜悦，秘诀在于反复集中听同一首乐曲，也就是要记住"旋律"。好的古典音乐其实很不可思议，知道的细节越多，就越能增添聆听的乐趣。如果乐曲在深入研究后突然变得索然无味，只怕演奏家们都要变得麻木无感了吧。相应地，也就不可能将其出色地演奏出来，那么这种乐曲也就不可能长久留存了。

所以我想"知道越多越能玩味"应该可说是古典音乐的特性。

因此，且先专精熟悉一首乐曲吧，不厌其烦地听上十遍、二十遍。

或许听到第二十一遍时就会有好事发生：心思追随着旋律，整个人不知不觉融入了乐曲，然后惊讶地发现自己已然沉浸在享受音乐的乐趣之中。

这种喜悦是一种参与音乐创作的喜悦，尝过一次之后便乐得轻松。从此只需依序累积曲目即可。

比方说，从贝多芬的第五交响曲开始，再听第六、第九、第七交响曲，肯定也能享受其中。或者换个类别，从此也能领会奏鸣曲或协奏曲的乐趣。

以我为例，在这个阶段大概停滞了有四年的时间。

那是我高中一年级的时候。我当时自我流放到四国松山，住在庙里。那年夏天的某一日，发生了我"音乐生涯"划时代的重大事件。

一位浪迹天涯的无名钢琴师前来找我。

最终乐章

那天我躺在边廊上，一边用手摇发条留声机听着《克莱采奏鸣曲》(贝多芬第九小提琴奏鸣曲)，一边阅读兰波(Arthur Rimbaud)诗集[①]。

盛夏时节，时间几乎停滞不前。我当时想，出门在外已有半载，大概已没有其他去处和归路了吧。事后才发现，人生也有如同夏天的时期。

流浪的钢琴师看着我说：

"是蒂博(Jacques Thibaud)和科尔托(Alfred Cortot)[②]吧。"

接着又瞄了一眼诗集说：

"咦，村上菊一郎老师的译本。"

像这样兴趣突然间转向演奏家和译者，在我看来是相当高级的素养，但这应该就是所谓的演奏家的敏锐吧。后来，钢琴师和我经常吹口哨，不过他吹的口哨和我完全不一样。绝对跟高明与否无关，而是跟钢琴演奏一样强弱分明。我心想，原来这就是演奏家的敏锐啊。

---

① 高中时代的伊丹十三曾送给好友大江健三郎一本法语原版的兰波诗集，并用法语向大江讲授兰波的诗歌，这段经历参见大江的《读书人》一书。

② 雅克·蒂博，法国小提琴家，以演奏莫扎特、贝多芬的乐曲和19世纪的法国作品而闻名。阿尔弗雷德·科尔托，法国钢琴家、指挥家。1905年，两人与西班牙大提琴家帕布罗·卡萨尔斯(Pablo Casals)组成了著名的三重奏组合，有"黄金三重奏"之誉。

钢琴师看到我的兰波诗集封面破烂，拿了一张牛皮纸帮我做书套。他的书套做法必须用到书本摊开两倍大的纸张，只见包裹在新书套里的兰波诗集是那么的安稳妥帖。

可以说，再没有比这更能抓住少年多感之心的举动了吧。于是我决定提供住处给他。

钢琴师说，当今的年轻演奏家都是先从东京正式出道后再巡回地方演出；他自己则是想趁着还未出名先游走各地表演，经历过各种失败后才到东京开演奏会。我觉得他的想法倒也合理。

他还说自己目前已接到来自两所女校的演奏会邀约。我们一找到有钢琴的住处后便搬离了寺庙。

规律正常的生活就这么开始了。他从上午九点起到下午三点为止都在弹钢琴。曲目有舒曼的《狂欢节》《蝴蝶》，巴赫的《法国组曲第六号》《意大利协奏曲》，还有几首肖邦的叙事曲和圆舞曲。

当他弹钢琴时，我会做功课、读书，或是帮他冲泡红茶。

炽烈的夏日阳光透过窗外的树丛，绿色斑点的光影落在书本和笔记本上，仿佛染色一样。练习一结束，我们会搭电车到夕阳西下的海边游泳。划着小船驶向遍布黑色岩礁的无人海面，沐浴在霞光斑斓的空气中，我们一起吟唱肖松（Ernest Chausson）的《月光》。

渐渐地，我发现自己开始对演奏这件事有所了解。也就是说，在不知不觉之间，我发现自己懂得分辨好的演奏和坏的演奏了。于是我自以为是地对钢琴师说：

"今天的《法国组曲》弹得好像不太对劲儿。该不会你犯牙疼了吧？"

结果钢琴师立刻装出了牙疼难耐的痛苦表情，更加深了我的自信。

不久的暑假结束后，他举办了演奏会。钢琴师对着坐满女校礼堂的女学生们说了一段话：

"巴赫写的乐谱上并没有标示出强弱符号。所以我将试着以平缓均衡的方式弹奏巴赫。他的音乐有着强弱，或者可说是明暗的变化。声音整个收合起来后又豁然开朗。我想应该是这样子吧。"

接着他开始演奏《法国组曲第六号》。

安可曲演奏的是莫扎特的 A 大调第十一号钢琴奏鸣曲 K331 第三乐章。因为这首俗称《土耳其进行曲》的曲子是一首众所周知的名曲，当他一弹错，女学生听众群中就传来"咦？他刚刚是不是弹错了？"的窃窃私语。

随着夏日离去，钢琴师也走了。因为被经营服装店的中年妇人求婚，他吓得逃跑了。我心想，这下生活要暂时失去光彩了。

钢琴师始终没有正式出道。过了十年，我结婚时，他来到婚礼现场为我们演奏《法国组曲第六号》。如今他做了创价学会的干部。

那个时候，市区有美国文化中心，可以免费将美国的书籍和唱片借回家。我和是巴赫迷的朋友两人总是一口气借走好几十张喜欢的唱片。虽然借还期限是七天，不过我们每隔七天返还时又当场借了出来，所以这几十张唱片到我离开该城市为止，有将近两年的时光经常留在手边。

如今再看，这些唱片的水平仍旧相当高超。以歌剧来说，有男高音皮尔斯（Jan Peerce）、男中音沃伦（Leonard Warren）①演唱的《命运之力》（La forza del destino）。我至今仍坚信这首乐曲是意大利歌剧的最高杰作，他们的演奏是最棒的演奏。

其实这张唱片有个缺点。由于录音效果太好，以致沃伦使尽全力高歌时，会把音箱里金属箔的振膜震破。

这害得我们每次都得骑自行车到唱片行求救。我们奔驰在田埂上，仍难掩兴奋地讨论"沃伦实在太伟大了，他又把音箱唱坏了"。

巴赫迷友人没有留声机，所以他总是动不动就跑到我的

_____

① 伦纳德·沃伦（另译瓦伦），美国著名歌唱家，被认为是当代最杰出的男中音之一。1960 年 3 月 4 日，在纽约大都会歌剧院舞台上出演威尔第（Giuseppe Verdi）的《命运之力》时猝然离世，死因是大面积脑出血，享年 48 岁。

住处听唱片。

有一天，我不小心打瞌睡，睡梦中听见了曼妙的弦乐声，心想真是"此曲只应天上有"的音乐。

不料枕畔就坐着巴赫迷朋友，他正在听巴赫。看到我醒了，他一边用修长的手指轻敲音箱打拍子，一边跟我打招呼说"嗨"。

《恰空舞曲》（Chaconne）的琶音（arpeggio）和弦正在节节

高升中，窗边摆着化学实验用的烧杯，里面插一朵百合，那百合大概是他带来的吧。窗外的天空澄澈如洗，清风在整个房间里盘桓。

又有一天，巴赫迷带来了一个消息。他有个读中学的弟弟，后者有收集邮票的嗜好。如今弟弟要将收集的邮票卖掉，买一把新的小提琴。

我弟弟想当小提琴家——尽管他说话的语气有些轻蔑，但一眼就能看出这一切全是他的主意。

一个月过后，他弟弟演奏了《小星星变奏曲》。又经过了半年，在我们的要求下，他弟弟若无其事地演奏了巴赫《无伴奏小提琴奏鸣曲及组曲》第二组曲的阿勒曼德（Allemande）或吉格（Gigue）舞曲。

不仅音程相当正确，还能从他弟弟身上窥见那种经常拉小提琴的人才有的毅然态度。

我在搬离那里之前，曾最后一次造访他家。快要走到他家时，一群身上略显脏污的少年飞奔而过，扬起夏日午后的一片白色沙尘。当时的情景我大概永远都无法忘怀吧。飞奔而过的孩子们竟一齐大声哼着巴赫的《E大调小提琴协奏曲》。他弟弟的房间就正对着马路。

搬到东京住不久后，在一个偶然的机会下，我决定开始学习拉小提琴。那年我二十一岁。

巴赫迷的弟弟曾经为我们演奏的阿勒曼德和吉格舞曲，我大约学了半年就能拉得出来。每天练习四到五个小时，持续了将近两年。我甚至认真考虑过把自己今后的余暇都贡献给小提琴也不足惜。

我走访了几位名师，但惠我良多的仍非卡尔·弗莱什的《小提琴演奏法全四卷》莫属。我认为光是翻阅此书，我学习小提琴便是值得的了。

通过这本书，我学习到了理论式的思考方式。分析自己的缺点后，分解成单纯的要素，再通过针对每一要素的简单练习方法学习矫正技术。不论任何疑问，都能在卡尔·弗莱什的书中找到答案。似乎现实世界的老师功用反而不大。

卡尔·弗莱什认为不好的老师分为诸多类型，以下列举几种：

一、缺乏自制力，动不动就怒吼的老师。

学生犯的每一种错误都会让他爆发。而且他会要求学生"立即"改正错误，因此绝对不可能演奏完整首曲子。学生会对老师心生倦怠，最后会认为被骂也没办法，于是变得无动于衷。

二、觉得自己原本是独奏家，来教小提琴等于是牺牲自己练习时间的老师。

他们习惯说"我拉一遍给你看看吧"。不用嘴巴说明，非得亲自示范，一方面是因为心灵贫瘠所致，另一方面则是想多少拿回一点自己的练习时间。

三、习惯和学生同时演奏的老师。

他只不过是想听重叠在一起的声音罢了。结果他根本也听不出来谁走音了。

四、怠慢的老师。

经常上课迟到。上课时注意力老是被路上发生的事吸引走，或是在读报纸。尽说些跟教学无关的话题，好让自己的授课时间变得轻松些。

我的老师们不是有其中一项缺点，就是全部中奖。

话说回来，小提琴真是让人不愉快的乐器。你几乎不可能在演奏的时候感到愉快。因为拉小提琴永远是在跟不正确的音程、杂音、不正确的节拍，亦即不快感战斗。这种不快感会随着技术的进步、听力越来越敏锐而有增无减，所以很麻烦。

但我仍要大声疾呼：乐器是很愉快的东西。而且"乐器必须从三四岁开始学"的说法完全是恶劣的谣言。志在成为职业演奏家就算了，如果只是为了自己的消遣娱乐，从几岁开始学起都不嫌晚。

另外，我也想对误信"不会读乐谱就无法学习乐器"的人说：难道从三四岁开始学习乐器的小孩子们，事先就具备读谱能力吗？会不会读谱其实一点影响都没有。何况只要花两三个月，手指自然就能熟悉乐谱。

只要是深爱乐器，同时又具有耐性，这样的人还犹豫什么呢？乐器就是一个人终生的朋友，绝对不会背叛自己的朋友。这是我打从心底的感觉。

　　巴赫迷的弟弟即将来拜访我。他现在于某交响乐团担任第二提琴手。我们打算合奏巴赫的《双小提琴协奏曲》，尝试着暂时徜徉在悠邈深邃的世界里。

为"文春口袋书"写的结语

三年前我在《洋酒天国》第五十六期写了《欧洲无聊日记》一文，也就是本书第一章《讨厌史诗巨片》之前的十几篇短文。

因此机缘，我有幸在《妇人画报》以同一标题每月连载，持续了长达两年的时间。

以此连载为骨干，再加入给其他杂志写的文章，于是有了第一章《伦敦的马靴》以后各篇，以及第二、第三和第四章的文字。

我才疏学浅，没什么内涵，而且明显属于视觉型的那种人。这样的人要写文章，只能诚心诚意写出自己眼见为凭的东西，别无他法。

欧洲各国和日本的风俗习惯原属于"常识"，自然会有各种出入。我希望尽可能基于事实书写。

妇女杂志的广告不是有所谓"实用报道满载！"的宣传词吗？真是一语道尽我的意图。

一九六五年三月一日

著者 ①

---

① 本书 1965 年 3 月文艺春秋新社初版的著者署名为其演员时代的艺名"伊丹一三"，从第二版开始，署名变更为"伊丹十三"，据说将"一"改为"十"是基于"将 minus 改为 plus"（变减为加、由负转正）的意思。

关于伊丹十三（"文春口袋书"封底）

第一次见到伊丹十三时，他十九岁，我二十六岁。我们过得很贫困，连喝一杯咖啡都不容易。只有口袋进账的时候才奢侈地大口喝酒。他总是态度拘谨、沉默寡言，偶尔冒出来的一句话却很符合当下的气氛，完全精准的同时又充满珠玑。好一个不可思议的少年。

伊丹的好在于作为一个人，他非常温柔。那份温柔衍生出他的"男性气概"，也衍生出他的"严格主义"。任何时候，发生任何事情，他从不会逃避。我和他在一起时，感觉就像是目睹"充满男性气概、纤细、认真的人如何存活于这人世间"的活生生实验。

当他提到电影、跑车、服装、美食、音乐、绘画、语言等相关话题时，可以清楚看见那极其正式又充满个性，同时也是十分有力的发言。他无法忍受滥竽充数、相似雷同和稀松平常的内容。所以我希望让初高中生阅读此书。因为对遭到污染的大人们而言已然太迟了。

我丝毫无意赞扬伙伴，也不说伊丹具有受上帝宠爱的才能。我认为他的一切都源于"温柔"。我想他的"温柔"是真的。否则他身为一个能和英国舞台剧出身的演员合演电影的青年形象就会破灭。阅读本书后，或许有人会感觉到某种不快。我想那应该是一种"严格主义者所应背负的、不可逃避的受难"吧。

山口瞳

为"B6 判"版写的结语

托山口瞳先生之福得以出版此书，已是十年前的事了。我将当时的情形写成文字作为新装版的结语。

最初和山口先生结识时，我二十一岁，山口先生二十九岁。（之所以和封底山口瞳先生的文章有所出入，那是他为了凸显我的年少清纯所做的润饰，而且还技巧性地将自己的年龄谎报了三岁。）

当时山口先生任职于河出书房旗下的《知性》杂志编辑部。我是个刚出道的商业设计师。不对，当时还没有设计师的头衔。我们只能算是排版师、手写文字师、图案师等名不见经传的小人物。也就是说，对山口先生而言，我只是个与他有业务往来的工匠。

山口先生是具有多样表现风格的人。当时他已留了胡须，理由是今年二十九岁，一旦错过今年，就将成为永远无法在三十岁之前留胡子的男人了。

他对服装也很有讲究。穿着一套上下身都是深蓝色的西装，说什么"这叫 midnight blue（◎午夜蓝）"。听在当时人们的耳朵里，这话果然不同凡响、充满新意。

有时他会戴着呢帽、叼着雪茄、身穿二手美军卡其色风衣出现，活脱脱是亨弗莱·鲍嘉（Humphrey Bogart）。我觉得他像是努力扮演不讨好角色的演员。

有一次，我去山口先生家玩。他们一大家子人住在三桥的花店。玩到一半时，我被带了出去。我们从三桥走到六本木的"幸运草"喝茶，然后到俳优座剧场旁的"上海酒家"吃肉包，再一路走到有乐队伴奏的夜店"88"，混进外国人之中喝威士忌，最后在霞町的德国餐厅"莱茵"点了薯条当下酒菜搭配啤酒。

在进入每一家店之前，他都会像发表施政方针演说一般说明进去的理由，如今那些理由我早忘得一干二净了。那一天他的表演主题应该是以最低费用享受最高奢侈，也就是要教导我这个乡巴佬什么叫生活的优雅吧。然而两个薪资微薄的年轻人点着菜单上最便宜的菜式，走进一间又一间高级场所，我不禁怀疑这真的算是优雅吗？就算是最低消费，也是从捉襟见肘的"江分利满先生"①的家用中支出的。如果这叫优雅，那未免也太破绽百出、自暴自弃了，只能算是勉强成立的优雅吧？

身为工匠的我拿得到的工作内容，主要是悬挂在车厢内的海报和目录的编排设计。那是詹姆斯·邦德、石原慎太郎当红的年代。印象中海报设计费是三千日元，加上林林总总的

---

① 出自山口瞳的小说《江分利满先生的优雅生活》，描述昭和三十年代典型上班族的日常生活，获得过直木奖。该作曾被改编为同名电影，上映于1963年，导演为冈本喜八。

业务，《知性》每个月支付我约七千日元的酬劳。这在当时已算是颇为丰厚的金额了。

第一次领到钱的那天，我邀约了山口先生。山口先生提议到鱼河岸（设有鱼市场的河岸）场外的寿司店。他说，所谓的场外指的是筑地鱼市场的外围，我心想原来如此。到了一看，在河水混浊的桥头上挂着写有"寿司政"的红灯笼。店外面是卖工作帽和传统无领衫的摊贩，走进店内，看见一群穿着橡胶靴的男人正在默默吃着鮒仔鱼盖饭。

山口先生点了白肉鱼和金枪鱼下酒吃，我也有样学样。那些鱼只是被简单地切成火柴盒大小，直接在我们面前随意用手捏了两三下就送了上来。一片荒凉、缺乏风情，但那样的感觉就是很好。

山口先生大赞金枪鱼好吃，说什么"洛迈尔（Lohmeyer）啤酒屋"的任何一种里脊火腿也比不上。我猜想这是他的口头禅吧。接着山口先生又点了斑鲦吃，还吃了葫芦条①卷寿司。还要求说"我的牙口不好，葫芦条请别用机器卷"，让店家用竹帘卷。最后用一块煎蛋卷收尾。

结账时是三千日元，由我买单。山口先生面不改色地说了声："那就当作介绍费吧。"

当我打算把钱拿给站在柜台后面的寿司师傅时，山口先

---

① 原文为"干瓢"，将一种葫芦科植物的白色果肉切成细长的薄片后晒干而成，可作为寿司的卷物配料。

生轻声制止了我。他教我：结账时不可以付钱给师傅，因为师傅必须用双手处理食物，怎么可以把肮脏的纸钞交到他们手上。柜台这边不是有个专门送茶饮酒水的年轻学徒吗？结账时必须付钱给那个人才行。

后来《知性》停刊了，我也就没有机会再见到山口先生。我当了演员也结了婚，还在国外生活了一年。

从国外回来时，《文艺春秋》向我邀稿。我有生以来第一次写文章，但没被采用。说是不合该杂志的调性，不过倒是很适合《洋酒天国》杂志。

中间过程且省略不提，总之山口先生刚好就在《洋酒天国》。于是我将给文春的稿子扩增为五十页，刊登在《洋酒天国》上。

《欧洲无聊日记》是当时山口先生帮我取的标题，他说文章有种难以言喻的倦怠感，似乎很百无聊赖的样子。

就这样，这本书打从成形初期就受到山口先生的关照，付梓出书时更是从头到尾诸多受教于他。

印成白纸黑字时，内容多少要白话些才比较方便阅读，所以要尽可能少用不必要的汉字。例如"為""事""其の""の様に"等文字就直接写成平假名。但是难度较大的汉字则可尽量使用。这些都是他教我的。

还有，惊叹号不要刻意选用斜的"！"，看起来很讨厌，一定要用直的"！"。这也是山口先生教我的。

各篇文章开头的小标题有一半以上是山口先生想了一整天帮我加上去的。还有印刷在封面上的广告语（catchphrase）："若读此书能莞尔一笑，表示你喜欢玩儿真的，而且有些算是怪人"也是山口先生的杰作。

这一次，文艺春秋问我是否愿意从"文春口袋书"改为"B6 判"（B6 开本）时，我十分犹豫。因为我今年已经四十一岁，那些三十岁之前写的东西，连我自己都觉得青涩、惹人嫌弃和难为情。

我去找山口先生商量，山口先生当即打断我说：

"当然应该出版。有什么好难为情的，本来处女作就是历史的事实，说什么都已无法改变了。"

就这样，这本书又得以继续"存活"。同时，尽管为时已晚，但我也开始思考——哪天得写出一本真正的处女作才行。

一九七四年七月一日

著者

图书在版编目（CIP）数据

欧洲无聊日记 /（日）伊丹十三著；张秋明译 .--
上海：上海三联书店，2023.9
　　ISBN 978-7-5426-8228-4

　　Ⅰ.①欧… Ⅱ.①伊… ②张… Ⅲ.①随笔 – 作品集
– 日本 – 现代 Ⅳ.① I313.65

中国国家版本馆 CIP 数据核字 (2023) 第 165577 号

EUROPE TAIKUTSU NIKKI by Juzo ITAMI
Copyright © Nobuko MIYAMOTO 1965
All rights reserved.
Japanese paperback edition published in 2005 by SHINCHOSHA Publishing Co., Ltd. Tokyo
Simplified Chinese translation rights arranged with SHINCHOSHA Publishing Co., Ltd.
through BARDON CHINESE CREATIVE AGENCY, Hongkong.
Simplified Chinese translation copyrights © 2023 by Ginkgo (Shanghai) Book Co., Ltd.

本中文译稿由台湾大田出版有限公司授权使用。
本书中文简体版权归属于银杏树下（上海）图书有限责任公司。
著作权合同登记图字：09-2022-1043 号
地图审图号：GS（2022）5049 号

欧洲无聊日记

［日］伊丹十三　著　张秋明　译

责任编辑 / 宋寅悦　　　　　　　　选题策划 / 后浪出版公司
出版统筹 / 吴兴元　　　　　　　　编辑统筹 / 陈草心　梁　媛
特约编辑 / 刘　坤　董纾含　　　　装帧制造 / 墨白空间·黄　海
内文制作 / 董峰书　　　　　　　　责任校对 / 张大伟
责任印制 / 姚　军

出版发行 / 上海三联书店
　　　　（200030）上海市漕溪北路 331 号 A 座 6 楼
邮购电话 / 021-22895540
印　　刷 / 北京盛通印刷股份有限公司
版　　次 / 2023 年 9 月第 1 版
印　　次 / 2023 年 11 月第 1 次印刷
开　　本 / 787mm ×1092mm　1/32
字　　数 / 151 千字　　　　　　　　印　张 / 8.25
书　　号 / ISBN 978-7-5426-8228-4/I.1831　　定　价 / 52.00 元

如发现印装质量问题，影响阅读，请与印刷厂联系：010-67887676